——高雪生诗歌散文选集

高雪生 著

贺高雪生《心声》出版

# 诗贵真诚

——华夏出版社总编辑黄金山

# 詩好心聲

## 高雲生詩歌散文選集

守靜抱樸

文心雕龍

贺：雪生诗歌散文选出版

乙未年仲秋月云辉书

虎卧凤阙蹴福平安

竹签曾恐先生元生诗歌散文出版志号乙亥年中秋于古紫都莱芋寺万祝东院

# 目 录

序一　序　刘根甫 / 1

序二　为雪生同志点赞　周瑞增 / 4

序三　不是"序"的文字　赵文智 / 7

序四　王平寄语　王平 / 11

序五　刘福志寄语　刘福志 / 12

序六　祝贺出版　曲志刚、蔡继东 / 13

## 第一部分　1972—1990 年在内蒙古工作期间

忆羊城 / 5

兄妹情 / 6

游杭州西湖 / 7

游南京灵谷塔 / 8

游武汉长江大桥 / 9

春日 / 10

盛大的节日 / 11

欢呼党的十一大胜利闭幕 / 15

毛主席遗志有人继　／18

献给正蓝旗文教系统先代会　／22

读报有感　／24

大比武即景　／25

献给全旗劳模大会　／26

"七一"抒怀　／28

"八一"建军节有感　／32

## 第二部分　1991—2003年在北京卷烟厂工作期间

中南海之光　／37

岁末随想　／38

厂庆抒怀　／41

西柏坡参观学习有感　／44

中国人民志愿军赴朝参战50周年喜感（二首）　／45

贺《京烟》月报创刊十周年　／47

小雨　／48

游同里有感　／50

登泰山有感　／51

赞烟厂车队　／52

抗"非典"赞　／54

贺"七一"　／55

喜迎北京卷烟厂建厂三十三周年（二首）　／56

## 第三部分 2004—2009年在北京市烟草专卖局（公司）工作期间

南戴河追赋　/ 67

赴武汉学习有感　/ 68

游湖北　/ 69

参观毛主席故居有感　/ 70

凤凰城抒怀　/ 71

一品梅印象　/ 72

海啸　/ 76

冰雪节之夜（二首）　/ 78

新春遐想　/ 79

贺第一届职工运动会胜利闭幕　/ 82

和平发展共环球　/ 83

游河北赵州桥　/ 84

游黄山有感　/ 85

红旗渠放歌　/ 86

江城之夜　/ 90

第十届两会闭幕抒怀　/ 92

参观沙洲坝红井　/ 93

游嘉峪关　/ 94

游华山　/ 95

游鸣沙山月牙泉　　／96

游桂林夜观"印象刘三姐"有感　　／97

纪念长征胜利七十周年　　／98

中秋之日游张家口外坝上草原　　／99

收获　　／100

赴河北参观学习有感　　／103

游井冈山龙潭群瀑　　／104

赞"小平小道"　　／105

加拿大印象（三首）　　／107

再访西柏坡有感　　／109

游八达岭长城　　／110

奥运火炬在珠峰点燃　　／111

陈坚，请你放心远行　　／113

参观大雁塔　　／115

参观华清池御汤遗址　　／116

参观秦始皇陵兵马俑　　／117

参观西安事变五间厅　　／118

望海　　／119

赞中国奥运健儿　　／121

看奥运闭幕式有感　　／122

改革开放三十年，日子越过越甘甜　　／124

西藏行（四首）　　／129

游武当山 / 131

答友人 / 132

赞福建永定土楼 / 134

情思母校 / 135

## 第四部分　2010年退休后

参观世博会有感（外一首） / 145

赞北京卷烟厂 / 146

立志跟党走，永远不回头 / 149

井岗山随想 / 156

再赞北京卷烟厂 / 158

义务劳动 / 159

心声 / 162

金叶放歌 / 166

赞大运河森林公园 / 170

夜读党的十八大报告有感 / 172

寄语外孙女史画上小学之初 / 173

喜中共十八届三中全会公报发表 / 174

我们这一群人 / 175

游北海 / 178

游京北怀柔神堂峪 / 179

游上海外滩 / 180

游武汉东湖　/ 181

三峡纪游（五首）　/ 182

游北京郁金香文化节　/ 184

享天伦之乐（二首）　/ 185

看电影《归来》有感　/ 186

游京郊密云古北水镇（二首）　/ 187

草原行（十首）　/ 188

新加坡印象（五首）　/ 192

游内蒙古响沙湾　/ 194

再游草原　/ 195

应友之约赴蟹岛啤酒节有感　/ 196

参加"歌唱祖国，再展夕阳红"卡拉OK
　　比赛有感　/ 197

秋游房山十渡（三首）　/ 198

看地坛第二届银杏节　/ 200

秋游陶然亭公园　/ 201

乘邮轮杂感（五首）　/ 202

参观厦门大学　/ 204

厦门夕照　/ 205

参观哈尔滨冰雕　/ 206

参观哈尔滨雪雕　/ 207

漠河行五首　/ 208

参观天坛双环万寿亭 / 210

赞后海银锭桥 / 211

春游圆明园 / 212

和厚彬兄二首 / 213

景山探春 / 215

春游江西（五首） / 216

观赏好友立祥画作有感 / 218

参加行业"双先"会有感 / 219

春游陶然亭 / 221

重游大运河森林公园 / 222

参观成都杜甫草堂 / 223

重庆游（四首） / 224

北海观荷 / 226

敬悼母亲 / 227

凭吊景山明思宗殉国处 / 228

团聚 / 229

致爱妻 / 230

游盘山（二首） / 232

参观蓟县独乐寺 / 234

瞻仰狼牙山五勇士烈士陵园（二首） / 235

游土耳其（六首） / 236

相聚哈尔滨 / 239

赠好友 / 240

梦回草原 / 241

重逢 / 242

春游大运河森林公园 / 243

春游卧佛寺 / 244

春游元大都遗址公园（六首） / 245

有感随笔 / 247

南下有感 / 248

喜游陶然亭（二首） / 249

献给陕北木头峪黄河的歌 / 250

读微信有感 / 252

游统万城 / 253

和景山学校玉老师 / 254

不忘初心跟党走　继续革命志不移 / 256

重游元大都遗址公园 / 258

秋游东郊湿地公园 / 259

无题 / 260

和景山学校玉老师（三首） / 261

游巴厘岛二首 / 263

赠友（二首） / 264

见李杨所照有感 / 265

赠友 / 266

游连云港（二首） ／267

见好友微信发来照片有感（二首） ／268

游天坛 ／269

郊野踏青偶得 ／270

见外甥女任喆所摄照片有感 ／271

见王平所摄照片有感 ／272

为外孙女茜茜照相（二首） ／273

颂2017年全国"两会"隆重召开 ／274

七彩云南放歌行（七首） ／275

看女儿玥玥所拍照片有感 ／280

和李杨 ／281

侍弄家中花草有感 ／282

游吉林有感 ／283

延安颂 ／284

后　记 ／287

序一

# 序

《高雪生诗歌散文选集》即将付梓。老高将书稿送我预览，诚邀作序，我欣然应承。不期近日工作繁忙，未能深读，且自身对诗歌文学造诣不深，不敢妄自置喙。但素知"诗如其人"，我与作者相识、共事多年，很是熟识，故简述其人其事，作为进入作者诗歌世界的一把钥匙。

作者高雪生是北京烟草的一名退休老同志。他高中毕业于著名的北京景山学校，自幼爱好诗歌，打下了扎实的文学功底。19岁时，响应党和国家的号召，带着一腔热血，离开首都北京，辞别父母兄妹，赴内蒙古插队、工作，从此扎根祖国北疆20余年，战风雪，斗严寒，闯沙暴，经受了严酷自然环境甚至多次生死的考验，成为一名优秀的草原建设者，也成长为所在旗（县）的中层干部。

1991年，已逾不惑之年的老高，带着草原的豪迈热情，回到首都北京，从此进入烟草行业，从一名普通职员干起，开启了又一次艰苦创业的历程。他忠于职守，勤于思考，敢于担当，对人诚恳，为人热情，很快赢得了组织和同志们的信任，走上领导岗位，先后担任北京卷烟厂副厂长，延庆县烟草专卖局（公司）局长、经理、党组书记，北京市烟草专卖局（公司）审计处处长等职务，为北京烟草改革发展事业做出了积极贡献，2005年被公安部、国家烟草专卖局授予全国卷烟打假先进个人荣誉称号。

2010年光荣退休后，老高不辞辛苦，主动担当，受组织委托担任离退休干部自管委员会主任和离退休干部党支部书记，积极配合市局离退办，组织各种文娱健身活动，丰富老干部退休生活，为加强北京烟草离退休工作、提升老干部幸福指数发挥余热，受到了广大离退休干部的一致好评，2015年被评为全国烟草行业离退休干部先进个人。

老高不但工作出色，成绩斐然，还热爱学习、多才多艺，具有较高的文学修养，善于歌唱、朗诵、主持，尤其善于赋诗，甚至能够即席、即景成诗，被北京烟草同仁誉为"草原诗人"。他的诗题材广泛，形式多样，情感真挚，或赞美祖国的大好河山，或歌颂党和人民的丰功伟绩，或展现兄妹朋友间的亲情友谊，或抒发对母校和企业的爱戴之情，或表达对受灾人民的深切同情，既采用五言、七言等古体诗，也使用满江红等词牌，还积极探索新体诗、散文等现代文学形式，集中表现了作者丰富的人生阅历、始终饱满的生活热情和对诗歌艺术的不懈追求。更为难能可贵的是，老高同志长期以来养成了记工作日记的好习惯，在整理《高雪生诗歌散文选集》的过程中，他认真查阅老日记，将创作每一首诗歌的背景情况、来龙去脉写成短文，再配以对应时代的珍贵老照片，做到诗、文、图并茂，互为注解，相映成辉，便于读者对诗词的欣赏和理解。整个集子采用按年代排序的方式整理，从1972年到2015年，长达43年的历史跨度，令诗歌本身与时代主旋律交相辉映，使大家在阅读过程中既能体会到诗歌艺术之美，感受到诗人对祖国、对党、对企业、对生活的热爱与激情，更能聆听到历史车轮的滚滚前行，直视沧海桑田的人间正道。这正是作者用生动人生为我们伟大时代所做的注脚，是一名壮心不已的长者将生平所感融于心田、外化于诗的巨大努力。

老高同志今年65岁了，却依然满怀豪情，志在千里。有一部电视剧叫《激情燃烧的岁月》，我想正是心中那永不熄灭的激情之火和对文学创作梦想的不懈追求，使他克服诸多困难完成了诗歌散文集的整理汇编，最终与大家见面，与各位读者共勉。

愿老高同志诗歌艺术之树长青！

刘振帝

2015年5月28日

# 序二

## 为雪生同志点赞
——写在《高雪生诗歌散文选集》即将出版之际

作为雪生同志的老朋友、老同事,我十分高兴能够在他的文稿结集出版前拜读了他的大作,并遵嘱写上几句读后感言。

熟悉雪生同志的人们都知道,他是一个对同事友善,对工作认真,对事业忠诚,对生活热爱的充满热情并富有激情的人,也是一个很文雅、有才气的人。他勤奋好学,善于思考,多年来养成了读书、记笔记的良好习惯,喜欢填词赋诗,写写文章,在我等年龄相近的一群同事、朋友中当属一位"出口成章,即席赋诗"的"秀才"。早些年,我们一起外出参观学习,或者搞一些集体性活动,每当情绪高昂之时,就会有同事提议"欢迎老高来两句",一般情况下,雪生同志都会"不负众望"地从容而起,高声朗诵几句"合辙押韵"的即席"诗作",或者充满感情地讲上几句带有"文学色彩"的即席"感言"。因此雪生同志成为周围同事公认的"诗人""文人"。

以上所讲的,是我对雪生同志在工作期间的深刻印象。令人十分感动的是,雪生同志在退休几年后仍然笔耕不辍,仍然勤奋好学,仍然充满着热情与激情。他不怕费事费力,认真整理了自己从 1972 年到 2015 年 40 多年的诗作与文稿,编成了这本集子。从中,我们可以清晰地看到雪生同志成长变化的人生轨迹,可以清晰地聆听雪生同志在不同历史时期所发出的心声。虽然,时间变了,环境变了,岗位变了,年龄变了,但透过这一首首诗歌、一篇篇文稿,我们仍然可以深切地感受到,雪生同志有着一颗不因岗位、环境变化而放缓跳动的红心,有着一种不因时间、年龄变化而淡化减弱的激情。由此可见,退休后的雪生同志依然充满着青春活力。

雪生同志的诗歌与文章,形式与内容是多样的,文字上有长有短,格式上有新有旧,大到国家大事,小到生活小事,涉及面很广。但是,这里面有一个鲜明的特点,就是这些诗作与文字,都是作者真情实感的流露,都是有感而发的,都是有的放矢的,都是言之有物的。从中,真实地表达了作者对理想信念的追求,对责任与担当的感悟,对组织、对工作、对同事、对家人的热爱、感恩、关切与期许。依据这个特点去品味、去思考,则完全可以说,这本文集是充满活力的，是充满正能量的，是能够给人以很大的启发与能动的。这也是本人读后感触最深的，最想表达的感言。

雪生同志依靠他多年不懈地努力，积累了丰硕的成果，而且现在要把这些成果汇集起来与我们大家共同分享，这的确是一件很好的事情。因此，我们要由衷地向雪生同志表示祝贺，为雪生同志点赞！

周瑞培

2015 年 9 月 5 日

序三

## 不是"序"的文字

提笔要为雪生前辈《诗歌散文选集》写点什么的时候,才忽地意识到自己才思的干涸与文采的羞涩,这种感觉在拜读诗文后便隐隐发酵着,那种犹如学生为着完不成作业的心理压迫莫名袭来且挥之不去。但对于他人请托的婉拒,在我看来一定无关能力和水平,当是缘分深与浅的事。与雪生兄虽只有不足两年的交往,而我自觉缘分和情谊是浓浓的。

前年6月,我来北京烟草时,雪生兄已离开工作岗位,原本接触的机会是极少的,只是后来我分管老干部工作才增加了见面的频率。初识雪生兄是在一个老干部聚会的场合,虽只是匆匆一见,却留下了热情、诚恳、爽快、豁达的印象,当然这种主观的判断在我日后的所见所闻中得以印证,又远不止这些。

退休本是人生的"平安着陆"与"华丽转身",自此或可安享清闲，或可把精力投注到弥补知识兴趣"缺憾"的方面去，而雪生兄却担起离退休干部自管委主任和离退休干部党支部书记的工作，且是那样心甘情愿，乐此不疲。我以为个中缘由是不能以其具有文学艺术专长与偏好而定论的，因为并非有造诣、有水准的人就一定会对这等差事越感兴趣，因而他那"心甘情愿，乐此不疲"就只可从其"内心和思想深处"找寻源泉了。他无悔的选择、奔放的热情、匆忙的身影和辛勤的汗水，是对他"全国烟草行业离退休干部先进个人"这一殊荣的最好诠释，"实至名归"也是十足贴切的。

至于诗歌与散文，我素来没有爱好和追求，也只能从专业以外的角度谈些感受而已。

我始终以为，不是什么人都可以写诗的，诗人以及爱诗的人，往往是有情怀的，自然情怀、家国情怀、人文情怀是作品的源泉。诗人以及爱诗的人往往也是有格局的，胸怀高远、豁达洒脱、责任担当是诗人的气质。然而我是觉得本部诗文集的作者情怀与格局兼而有之。诗文显然不是作者的全部，它不过是作者情怀的自然流淌和格局的外在表达，要真正认识作者只有到诗外去，循着其人生足迹倾听留在每个驿站的真实故事。作者的人生经历不能说不丰富多彩，但本人仅仅使用了区区不到400字作为《作者简历》，我似觉太过吝啬，太欠诗意了。这400字无论如何是无法描绘出一个真实、丰满、精彩的高雪生来的。他所毕业的北京景山学校,可是那个年代我们北京孩子所仰慕的名校,那时"老三届"高中毕业生堪称"有知识的青年";19岁的他告别父母兄妹,毅然投入到内蒙古大草原的怀抱,在广阔天地与牧民兄弟为伍、与风雪严寒作伴、与艰难困苦同行20余载,战场不断转移,角色数度转换,职位悄然变化,历炼与积淀兑现的是成熟与"不惑";不惑之年的他,背起理想的行囊,迈着沉重的脚步,又开始了新征程的起航。这次起航始于烟草行业"原点"的滑行,又是一个20年,他靠人品凭实力,一步步走向成熟强大,成为不同岗位的领导,但他摒弃高高在上,埋头脚踏实地,又在北京烟草干出另一番事业,为它的发展壮大贡献了自己的全部才智和半生心血,赢得了人们的广泛赞誉,也收获了公安部国家局卷烟打假先进个人、北京市国资委优秀党务工作者和全行业离退休干部先进个人的褒奖。除此之外,他竟在52岁光景,把在职研究生学历及工商管理硕士学位收入囊中,让人生朝着圆满又进了一步。400字定然无法担负这部跨越40年激荡人心的巨作,但恰从另个侧面更投射出作者低调为人的品格。

有些人尽管年轻,但情怀已成死水,不再有流动的生气。也有的写作者文本丰盈,但却孤芳自赏、无病呻吟,与世间痛痒无关。而雪生兄的情怀之波历经40余年始终激荡着不倦不息的浪花，每一朵浪花都是对生活的讴歌、对未来的畅想、对亲情的珍爱、对朋友的赤诚和对文学艺术的追求。其思想之树跨越半个世纪不断镌刻着亦浓亦深的年轮，每一圈年轮都是对信念的执着、对事业的痴情、对社会的关切、对丑恶的鞭挞和对新生事物的欢呼。这是弥足珍贵的……

在诗文集即将付梓之际，谨以此不能称之为"序"的散乱文字，表达我对作者深深的钦佩和敬意。

2017 年 9 月

## 序四

## 王平寄语

老高的诗我浏览了一遍,真是挺好的。好在第一有激情,第二满满正能量。特别是烟厂那段的书写,虽词篇不多,但真实地刻画了一个时期烟厂发展的历史。读后很有感慨。既是一个人的故事,又是一个梦想的实现。祝贺高雪生诗歌散文选出版。

2015 年 9 月 21 日

# 序五

## 刘福志寄语

忆往昔，青春年华志在四方，拼搏进取几十春秋。看今朝，好似青松春常在，晚年生活朝气蓬勃。祝贺《高雪生诗歌散文选集》出版面世！

刘福志

2015年7月16日

序六

祝贺《心声》高雪生诗歌散文选集出版!

荣建东

2015 年 11 月 25 日

# 第一部分

1972—1990 在内蒙古工作期间

作者与老师、同学在景山学校门前合影。

作者在内蒙古正蓝旗敦达浩特照相馆门前。

作者与北京知青、呼和浩特知青在内蒙古正蓝旗合影。

作者在内蒙古正蓝旗全旗大会上发言。

作者在内蒙古正蓝旗公路段的工作照。

作者与山西财经学院同班同学相会于呼和浩特昭君墓。

作者与山西财经学院同班同学合影。

作者摄于上海。

# 忆羊城

1972 年 10 月 31 日

这是我参加工作的第一次公出,且走得这么远。心情激动。

羊城游览正华年,
风光旖旎浮眼前。
桥映碧波楼中树,
人过长城影留南。

## 兄妹情

### 1972 年 11 月 6 日

我家兄妹四人,其中三人分别于六八到六九两年相继离开北京。大哥到青海三线,我去了内蒙古插队,大妹去了黑龙江生产建设兵团。只小妹一人留京。久别重逢感念之。

兄妹四人手足亲,
青内黑北渡华春。
难得一年京都聚,
欢声笑语分外真。

## 游杭州西湖

1973年3月30日

俗话说"上有天堂,下有苏杭"。有机会出差到此,兴奋之。

　　苏堤斜卧接春柳,
　　宝淑倒影水中留。
　　湖心三潭闻莺处,
　　不饮自醉在杭州。

## 游南京灵谷塔

1974年10月2日

来古都金陵出差。抓一点闲暇时间到郊外灵谷塔一游。

重重叠叠登古塔,
紫气东来漫长空。
松涛波涌连天碧,
人似神仙欲乘风。

## 游武汉长江大桥

1974年10月

　　长江滚滚东去,一桥横贯南北。美哉,共产党!壮哉,毛泽东!

　　　　横空出世舞巨龙,
　　　　映日长江绘彩虹。
　　　　南北天堑添新路,
　　　　福满人间唱英明。

# 春日

## 1975年5月

  与同事一起骑马下乡去哈巴嘎公社。途经水库,见水边鹅鸭成群,田间有人在劳动。夕阳之下宛如一幅图画。不禁有感而发。

坡上人几家,<br>
水中浮鹅鸭。<br>
风起云水动,<br>
犁锄伴日斜。①

---

① 斜:在此读 xia 音。

## 盛大的节日

庆祝内蒙古自治区成立三十周年

1977 年 7 月 28 日

是春风,
吹开渴望的笑脸;
是春雷,
震响牧民的心弦。
两大喜讯传遍上都草原、闪电河畔,
欢声直飞上九天。

点起祝捷的鞭炮,
唱起欢乐的好来宝。
在这盛大的节日里,
我们纵情欢呼、放声歌唱,
热烈庆祝内蒙古自治区成立三十周年!
坚决拥护党的十届三中全会公报!
永远清除王张江姚出党,
欢迎邓副主席重回党中央!

高举毛主席的伟大红旗,
步步紧跟英明领袖华主席,
各族人民携手并肩,
抓纲治国大干快上。

锣鼓声开启思绪的闸门,
往事历历涌心间。
曾几何时,
四人帮,
披红旗、巧伪装,
粉墨登场。
摇唇鼓舌、耍阴谋,
大开帽子庄。
形左实右、施诡计,
矛头直指党中央。
镇压群众、陷害好人,
有特制的刑具牢房。
插手哪里哪里乱,
狂犬吠日想变天。
胡说什么:
"民族语言是异国情调、不亲切",
"民族区域自治是民族分裂",

"民族语言文字是倒退、无用，
都应予以削免"。
对蒙古族的各级干部，
统统采取一批、二斗、三罢官。
破坏党的民族政策，
攻击内蒙古人民辉煌胜利的三十年！
物到极时终必反，
几只挡车的螳螂，
怎能把历史前进的车轮倒转！
啊！七六年难忘的十月，
万家欢腾，红旗招展，
驱除四害，力挽狂澜。

看今天——十届三中全会放光焰，
内蒙古人民已胜利走过三十年。
千万匹骏马齐鸣叫，
千万座蒙古包敞开天窗迎着太阳笑，
千万个歌喉同声唱，
尽情歌唱华主席为首的党中央。
党中央和各族人民心连心啊，
草原儿女永远忠于您。
高歌欢唱庆胜利啊，

草原处处舞红旗。
神州大地磐石坚啊，
局势稳定如泰山。
全国人民手挽手啊，
抓革命来促生产。
按照党中央指引的方向啊，
各族人民同心干。
定让上都草原、闪电河畔，
开出大庆、大寨红花千千万，
万紫千红百花争艳！

## 欢呼党的十一大胜利闭幕

1977 年 8 月 21 日

午夜里,
鞭炮齐鸣锣鼓响,
像过年,
万家欢腾喜洋洋。
强劲东风传喜讯,
红色电波暖心房。
千万颗红心向北京,
八月里桂花遍地香。
欢呼党的十一大胜利闭幕,
毛主席的革命路线放光芒。
歌唱英明的领袖华主席,
万岁伟大的中国共产党!

曾记否?
风狂雨骤,
四人帮,

几个跳梁小丑,
破坏革命和生产,
向红色江山伸黑手。
国会不会变色?
党会不会变修?
社会主义的红旗是举还是丢?
中华儿女在担忧,
党啊,该怎样去迎接新的战斗?!
华主席,
高举红旗,
党中央,
拨正前进方向。
打倒王张江姚四大害,
一举粉碎他们篡党夺权大阴谋。

大庆祝、大游行,
大誓师、大抒情,
歌如潮涌旗如海,
革命豪情震长空。
前进,
紧跟华主席为首的党中央,
万里征途不停步,

奋斗,
高举毛泽东思想伟大红旗,
劈波斩浪弄潮头。
放眼四海五大洲,
风景这边独秀!

# 毛主席遗志有人继

1977 年 9 月

写在伟大的领袖和导师毛主席逝世一周年之际

一年前
九月九
伟大导师毛主席
与世长辞
国旗降半
人哭泣

人哭泣
热泪流
怀念恩人和领袖
开天辟地
无以伦比
大功绩

大功绩

人八亿

红旗高举马蹄疾

革命生产

日新月异

惊天地

惊天地

坏人急

党内蛀虫四白蚁

破坏革命

捣乱秩序

舞黑旗

舞黑旗

施诡计

穷凶极恶害主席

里通外国

梦想登基

搞复辟

搞复辟

谈何易

毛主席遗志有人继

英明果断

铲除四害

华主席

华主席

千古记

奇功只有泰山比

国家命运

革命前途

凶化吉

凶化吉

险变易

英明领袖举红旗

抓纲治国

八项任务

普天喜

普天喜

齐奋力

江山万里歌洋溢

工农各业

革命生产
创奇迹

创奇迹
震环宇
导师闻讯九天喜
第十一次
生死交锋
已胜利

已胜利
要继续
战斗正未有穷期
关山万座
路远崎岖
披荆棘

披荆棘
有志气
无限风光在云际
紧跟领袖
大干快上
宏图奕

## 满江红

## 献给正蓝旗文教系统先代会

1977年10月17日

正蓝旗文教系统先代会于今日正式召开。之前我被抽调大会秘书组工作。几日来紧张准备，工作忙而不乱。开幕式后有感而发。

红旗漫卷，
群英会，
教育大干。
是园丁，
学而不厌，
诲人不倦。
攻关何须怕困难，
涓涓细水滴石穿。
勤努力，
桃红李花艳，
春满园。

千里行，
足下起，

有险阻，
要苦战，
忠诚党教育，
红心一片。
完成四个现代化，
革命拼命加巧干。
两千年，
邀星月为宾，
过大关。

## 读报有感

1978年1月5日

　　捧读《人民日报》元月三日《华主席新年到唐山看望英雄人民》一文，感动万分。华主席头戴矿工帽，身穿工人装，满面笑容地在井下和工人一起度过了元旦的整个上午。对唐山工人阶级战胜地震造成的严重灾害，以揭批"四人帮"为纲，取得的奇迹般成就表示祝贺和慰问。亲切的关怀，巨大的鼓舞，怎能不令人激情满怀，干劲倍增。成诗一首，以咏此情。

　　　　红旗漫卷唐山城，
　　　　百里煤海浪翻腾。
　　　　肝胆相照同呼吸，
　　　　十里大巷起春风。
　　　　抗震救灾批四害，
　　　　初见成效真英雄。
　　　　雨露滋润遍神州，
　　　　中华八亿是鲲鹏。

## 大比武即景

### 1978年9月

九月二日全旗商业系统举行岗位练兵大比武。交流经验,提高为人民服务的本领。人声鼎沸,群芳斗艳。构成一幅争当新长征突击手的壮景。身临其境,美不胜收,感念之余,以诗记之。

动地歌声彩旗挂,
长征路上硬仗打。
比武盛会人如潮,
八仙过海逞英豪。
量布快似御猫侠①,
剔骨准过庖丁家。
最喜草药遮目辨,
行行状元朵朵花。

---

① 宋代大侠展昭,武艺高强,动作快似狸猫。皇帝御赐绰号"御猫"。

## 满江红

## 献给全旗劳模大会

### 1979 年 8 月

草肥水美,
八月天,
英才济济。
干四化,
解放思想,
冲锋在前。
各族儿女齐奋进,
汗水滴滴捷报传。
放眼看,
麦香牛羊壮,
丰收年。

重点移,
宏图举,
八字真,

须牢记。
同心同德干，
高峰可攀。
民族团结奏凯歌，
快马加鞭不下鞍。
新长征，
誓做促进派，
越雄关。

# "七一"抒怀

1982年6月

日历啊,
又翻出火红的一页,
七月一日,
中国共产党的生日,
这永远值得纪念的,
光辉节日。

难忘啊,
六十一年,
中国共产党走过的风雨路程。
无论是,
北伐革命的炮声隆隆,
还是井冈山上的红旗猎猎;
无论是,
长征途中的草地关隘,
还是抗日烽火燃烧的长城内外。

从建立起第一个红色根据地,
到消灭蒋家王朝的八百万军队;
从一个半封建半殖民地的社会,
到人民当家作主扬眉吐气。
从一个一穷二白的基础上,
到建立起丰衣足食的社会主义。
哪一步不是党的领导!
哪一步不是毛泽东思想的胜利!
没有共产党就没有新中国,
实践出真知,
是真理。

一年之中,
有春夏秋冬,
宇宙之中,
有日月辰星。
征途中的失误与挫折,
正是孕育胜利的助产婆,
学走路,
哪有不摔跤的,
学游泳,
难免要把水喝。

我们所要做的

是前人从未做过的伟大事业，

没有现成的经验，

全靠自己摸索！

党啊！

我亲爱的母亲。

您带领我们，

在这崎岖的道路上，

不懈地攀登了六十一年。

越走步伐越坚定，

越走道路越宽阔。

六十一年，

战斗的风雨，

把我们锻炼得，

斗志昂扬，

人强马壮，

更喜稻菽千重浪。

党啊！

我亲爱的母亲。

您的亿万儿女，

还将紧紧跟着您，

擎起毛泽东思想的伟大红旗，
万众一心，
克服困难，
加倍工作，
努力学习，
一切从我做起。
一步步，
一天天，
坚定不移地走下去。
光辉灿烂的无限风光——
共产主义，
风展红旗收眼底！

## "八一"建军节有感

### 1982年8月

创业艰难百战多,

铁马金戈斩阎罗。

沧海桑田神州喜,

春风杨柳动地歌。

五十五年丰功著,

万死千伤须唱和。

南天一柱全靠党,

众志成城奏凯歌。

# 第二部分

1991—2003在北京卷烟厂工作期间

作者与班子成员合影于北京卷烟厂门前。

作者在北京卷烟厂内相关会议上讲话。

作者在北京卷烟厂门前。

作者获 MBA 学位时与同班同学合影。

内蒙古正蓝旗北京知青聚会照。

作者于美国。

作者于北京八达岭长城。

# 中南海之光

1996 年 5 月

为宣传企业形象及品牌厂部党委号召全厂干部职工为谱写厂歌献计献策。我也写一首参加之。

北京卷烟香飘四海，
咱们工人心花怒放，
为祖国啊为人民，
劳动创造无尚荣光。
中南海卷烟神奇的配方，
闪耀着古老文明的光芒，
科技巨手擎起京烟的骄傲，
管理入微书写跨越的篇章。
团结求实昂首阔步，
创新争先永向前方，
向前方！向前方！

## 岁末随想

**1996 年 12 月 25 日**

小树长高了,

悄悄地增长了一圈年轮。

树叶落下了,

冬天慢慢地走近了我们。

啊!365 天——

星移斗转,

我们——

北京卷烟厂的全体职工干部,

用勤劳的双手,

宽阔的膀肩,

送走了难忘的 1996 年!

过去的一年,

我们抓消化涨价工程,

不管早晚,

不分科室车间,

干部工人齐奋斗,
为北烟大厦加瓦添砖。
过去的一年,
我们抓贯标9000,
从头做起,
严格管理有新意,
精雕细做促生产,
为北烟再创辉煌奠基新理念。

过去的一年,
我们抓精神文明建设,
思想领先,
寓教于乐办法多,
人和气顺局面稳,
为北烟注入了新绿一片。

一桩桩,
一件件,
实事、真事,
苦干、巧干,
浸透着全体职工的血汗,
凝聚着科研人员的灵感。
"两特一低"绽新绿,

"新型安全"续新曲。
利润实现五百万,
税金上缴三亿一千多万。

啊!
一步一脚印,
步步上台阶,
把酒高歌今聚首,
而今迈步从头干。
让我们,
振奋精神再努力,
高举红旗过大关。
风光无限凌绝顶,
北烟职工敢登攀。

# 厂庆抒怀

### 1997 年 9 月 18 日

二十七年,
在人类发展的长河中,
只是短短的一瞬间。
啊!
北京卷烟厂,
从一九七零年,
呱呱落地的第一声啼哭,
到今天——
已长成一个英俊漂亮的青年!

整洁的厂区,
明亮的车间,
组成了你健壮的身躯。
国际一流的 PROTOS、FK 机,
使你四肢更加灵活有力。
新的一代工人、技术员和干部,

是你蓬勃跳动的心脏。
ISO9000覆盖着现代化的管理理念。
啊!
看今天,
几十个亿税利上缴,
国有资产价值翻番,
职工收入连年增加,
人和气顺景象万千。
想明天,
九五宏图再展英姿,
科技先导又续新篇。
努力登攀纯净奉献,
一代风流全球鸟瞰。
啊!
满眼秋色果实美,
花好月圆又一年。
两手抓两手都要硬,
厂部党委这么说,
率领我们更是这么做!
啊!
北京卷烟厂,
甜蜜的歌儿,

欢乐的舞儿,
寿桃献给我们的衣食父母。
啊!
北京卷烟厂,
我们衷心地向你祝福!
深情地祝愿你,
在改革开放的大潮中,
在建设有中国特色社会主义的征途上,
高举邓小平理论的伟大旗帜,
团结求实,
创新争先,
永远翱翔在海浪云天!

# 西柏坡参观学习有感

2000 年 7 月 3 日

　　七月一日,这神圣的日子。值此伟大的中国共产党诞生七十九周年之际,我随市局党组组织的优秀党员,支部书记一起到河北省西柏坡参观学习。时间虽短,又逢酷暑。但大家情绪饱满,认真参观,很受教育,颇有收获。"新中国从这里走来",京烟辉煌从我们做起。赋诗一首,以明心志。

　　　　西柏坡前党旗飘,
　　　　风雨如磐心如潮。
　　　　七十九年一弹指,
　　　　多少英雄射大雕。
　　　　"三个代表"指方向,
　　　　辉煌京烟锁目标。
　　　　笑看二十一世纪,
　　　　敢与天公试比高。

## 元人小令：郓城春
## 中国人民志愿军赴朝参战 50 周年喜感（二首）

2001 年 11 月

### （一）

雪应皎，
菊正好，
五十年风雨一笑。
战旗舒摇，
小丑弄骚，
板门哀嚎。
喜中朝逢春，
人民乐逍遥。

### （二）

朝半岛，
美人娇，
独立自主金刚耀。

壮志未了,
乌云总搅,
离散韩朝。
秋日喜闻馨,
醉唱大同俏。

# 贺《京烟》月报创刊十周年

2002 年 12 月

驰骋砚池十年春，
笔走龙蛇韵流馨。
妙手神思书香案，
摇旗呐喊战犹酣。
争春气息迷人眼，
风骚独领畅心艳。
百尺竿头勤为径，
与时俱进再登攀。

# 小雨

2003 年 3 月

小雨,
不住地下。
淅淅、沥沥,
顺着屋檐流下。
陪伴着钟表的摆动,
滴滴、答答,
思绪在如丝的雨幕中,
织成一幅美丽的图画。
看:
大地在雨中舒展;
青山在雨中沐浴;
溪水在雨中欢唱;
绿树在雨中潇洒。
啊! 小雨,
你是多么的及时,
多么的善解人意,

像万千只手轻抚大地,
也好像在和母亲喃喃细语。
啊!小雨,
我爱你!

## 游同里有感

2003 年 3 月 18 日

　　阳春三月奉命赴上海参加烟草行业职业技能鉴定工作会议。其间到同里水乡冒雨游览。睹物生情，有感而发。

烟雨朦胧三月花，
几桥几水几人家。
廊腰曼徊迷人眼，
玲珑剔透碧玉沙。
物是人非情犹在，
耕读忠厚久传家。
古今兴亡多少事，
尽在同里照夕霞。

# 登泰山有感

2003 年 4 月

因公到山东出差几日,忙里偷闲到泰山一游。

春风送我登泰山,
五岳独尊享华年。
南天门外俗人客,
迈槛摇身成神仙。

## 赞烟厂车队

2003 年 6 月 5 日

北京卷烟厂车队是一个团结战斗的集体。承担着全厂成品烟及原辅材料等的运输任务。工人师傅们不辞辛苦、任劳任怨,在平凡的工作岗位上做出了不平凡的贡献。感动之余以诗记之。

车轮滚滚,
马达轰响。
满载"中南海"卷烟的车队,
驶出工厂。
征尘一路,
车辙两行,
奏响劳动的乐章!
顶着风雨,
冒着严寒,
伴着月亮,
迎着朝阳。

知难而上克"非典",
聚精会神谋发展。
安全、快跑,
驾驶员紧握方向,
轻装、轻卸,
装卸工确保质量。
一切为了消费者,
为了"中南海"市场的做大做强!
为了第三次创业,
何惧苦累,
再铸辉煌!

## 抗"非典"赞

2003 年 6 月

喜闻 WHO 对北京解除"旅游警告",并从疫区名单中删除。喜不自禁,多少往事涌上心头。感慨良久,寻章摘句成诗一首。庆贺党领导人民又一次取得了伟大的胜利!

境外小虫侵华夏,
鬼魅轻狂逼人煞。
神州十亿齐奋起,
众志成城斗凶疾。
白衣天使回春手,
玉宇澄清花锦绣。
巨擘擎天党领导,
红旗漫卷歌舞骤。

# 贺"七一"

## 2003年7月

在抗击非典取得决定性胜利的日子里迎来了中国共产党82周年华诞。抚今追昔，往事历历，岁月峥嵘，可歌可泣，赋诗一首，以表心意。

八十二年风云稠，
亦张亦弛写春秋。
笑谈雄关真豪气，
世代英杰举红旗。
改革开放国人喜，
抗击非典凝民意。
大江东去风乍起，
扬帆远航看舟楫。

# 郓城春

## 喜迎北京卷烟厂建厂三十三周年（二首）

2003年9月6日

### （一）

秋色娇，

人俊俏，

三十三年风骨傲。

少年窈窕，

潇洒烟草，

志冲云霄。

登攀凌绝顶，

九天任逍遥！

### （二）

改革潮，

逐浪高，

几度风雨人欢笑。
花团锦簇，
靓丽鲜皎，
风景独好。
诗人吟盛世，
同唱新容貌！

# 第三部分

2004—2009在北京市烟草专卖局（公司）工作期间

作者在新疆火焰山。

作者与同志一起主持联欢会。

作者在土耳其。

作者在江西共青城。

作者在江西"小平小道"。

心 声

作者在湖南韶山毛主席故居。

作者在福建振成楼前。

作者在英国伦敦。

作者在江西毛主席雕像前。

作者在日本富士山。

作者在阿联酋。

心声

作者在西安。

作者在柬埔寨吴哥古窟。

作者与母亲、二姨、及兄妹在一起。

作者在井冈山。

作者在上海世博园中国馆前。

作者在西藏纳木错湖。

作者在新加坡。

## 浪淘沙
## 南戴河追赋

2004年6月

六月十六日赴南戴河参加北京烟草专卖局人才工作会议，至今仍萦怀于胸，激动不已。只得提笔追赋，以求释心。

海天并一线，
浪打沙滩，
指点江山舟唱晚。
南戴河边咏诗篇，
友人尽欢。
名句记心间，①
豪气倍添，
迎风斗浪求发展。
勤政为民意志坚，
美景无边。

---

① 指毛主席曾著有同一词牌的诗篇《北戴河》

# 赴武汉学习有感

2004年6月

六月二十三日至二十七日北京烟草一行三十余人在周瑞增局长的带领下赴武汉烟草学习网建工作。通过观看光盘，参观车间，听取网建介绍，相互研讨。使大家更真切地了解到武烟人的创新和对未来的思考。通过学习，颇有所得。四句成文，以表心迹。

甲申之夏，神农架下。群贤聚集，香溪水畔。昭君故里，屈子之地。高风亮节，世人仰息。

北京烟草，千里迢迢。学经取宝，黄鹤怀抱。求真务实，座谈研讨。互敬互学，共同提高。

认真实践，三个代表。勤政为民，不屈不挠。思想多远，能走多远。美好生活，科技创造。红旗招摇，斗志正高。风流人物，独看今朝。

# 游湖北

2004 年 6 月

文明华夏数千年,
荆楚大地更为先。
屈原爱国赋离骚,
孔明两表显忠肝。①
米芾神笔闻墨香,
玄德三顾天下传。②
以民为本筑根基,
沧海无涯再扬帆。

---

① 两表指诸葛亮(字孔明)所写《前出师表》《后出师表》。
② 刘备字玄德。

# 参观毛主席故居有感

2004 年 9 月

八月二十四日在周瑞增局长的率领下北京烟草赴湖南长沙、常德烟厂参观学习。其间参观了毛泽东同志故居、毛主席铜像、滴水洞和张家界、凤凰城。我又一次感到伟人的风采及魅力。以及湖南的地杰人灵。抚今追昔，由衷地赞叹：毛主席真伟大！中国共产党真伟大！毛主席和他的光辉思想将永远指引我们前进。

层峦叠翠湘水间，
瓦屋荷塘韶山前。
日出东方亮天际，
乾坤扭转舞红旗。
斯人已去长相记，
与时俱进中流击。
三山五岳凯歌起，
中华儿女续奇迹。

# 凤凰城抒怀

2004 年 9 月

烟雨沱江凤凰城,①
老城古道旧风情。
吊脚楼下品米酒,②
南长城上论棋风。③
湘江两岸多才俊,
金戈铁马起大风。④
古今兴亡多少事,
芙蓉国里听歌声。⑤

---

① 湖南省旅游胜地。
② 土家族的居住之所。
③ 湖南省旅游胜地,与北长城相对应。平台上刻有世界上最大的围棋盘。
④ 汉帝刘邦曾著有诗《大风歌》,其中有"大风起兮云飞扬"句。
⑤ 湖南省的别称。毛泽东曾著有七律诗《答友人》,其中有"芙蓉国里尽朝晖"句。

# 一品梅印象

——在淮阴卷烟厂"世纪一品梅"新闻发布会上的发言

2004 年 12 月 21 日

今天是冬至,俗话说:"冬至一阳生。"我们伟大的领袖、诗人毛泽东同志曾有"大地微微暖气吹"之句,说的正是这个时节。淮阴卷烟厂此时此刻在首都北京召开"世纪风一品梅"的新闻发布会,更是别有一番深意。因为再有几天就是毛泽东主席的 111 周年诞辰纪念日。说起他老人家,就不能不想起中国共产党领导全国人民走过的艰苦历程,想起红军,想起长征,想起抗日战争,想起解放战争的一幕幕。而淮阴卷烟厂就诞生于烽火连天的抗日战争时期,烟厂老一辈工人师傅们马驮肩扛着卷烟设备,在炮火中前进,在炮火中生产,以革命的信念和大无畏的牺牲精神制造出支支卷烟,满足前方将士的需求,谱写了英雄的篇章。这在我们烟草系统也可能是绝无仅有的吧。

今天在这里听了刘厂长对"一品梅"卷烟的介绍就更印证了这一点,光荣的历程,英雄的工厂,培育出高质量的品牌应是顺理成章之事。

梅花乃四君子之一，位居梅、兰、竹、菊之首，自古以来在中国人的心目中就象征着高洁的品质。据资料讲，从汉代乐府至清末咏梅的诗篇1400多首。刘厂长引用的诗也在其中。大凡正直的诗人都以咏梅言志，其中最著名的大家熟悉的名句就是，唐宋八大家之一王安石的《梅花》："墙角数枝梅，凌寒独自开，遥知不是雪，为有暗香来。"我们伟大领袖毛泽东同志发表的50首诗词中，以梅咏志的就有两首，一首是《卜算子·咏梅》也就是："风雨送春归，飞雪迎春到。"另一首是《七律·冬云》："梅花欢喜漫天雪，冻死苍蝇未足奇。"毛主席在这里以梅花比喻是我们中国共产党人在国内自然灾害，国外苏修打压我们的环境下，像梅花一样高洁、清香四溢、坚贞不屈，表现出中国共产党人相信真理，坚持真理的坚定的共产主义信念，梅花的品质的确是上品，堪称"一品梅"。而淮安又是周总理的故乡，故居中也有一株梅树，还是总理小时候亲自栽种的。总理的高风亮节就如梅花。是啊，淮阴卷烟厂赋予了"一品梅"这个品牌更多的故事，更多的情感，更多的寄托。"一品梅"具有深深的文化内涵。超越了卷烟这个商品的单纯意义，给我们以无限的暇想。

第二就是听了刘厂长的介绍，淮阴卷烟厂通过多年来的技术改造，尤其是上世纪90年代以来，在国家局的领导下，打造强势、优势企业，深化管理，不断创新，在硬件、软件上都有了巨大的进步，高科技含量在"一品梅"上更是表现突出，如滤嘴在线激光打孔技术，高香气配方，特别是侧推式包装更文明、更卫生、更时尚。加之淮阴卷烟厂在成功经历了一、二期 CIMS 工程之后，又启动了三期工程，在行业内率先通过 ISO-9001 质量保证体系、10012 计量体系和现代标准体系认证等等。使淮阴卷烟厂在面对吸烟与健康这对矛盾中不断探索新的路径，取得了骄人的成绩。"一品梅"今年预计产销量已达 38 万箱，可见人们对她的偏爱，获得了较好的经济和社会效益。这是"一品梅"作为卷烟商品来说所具有的内在品质。

第三，俗话说"酒好不怕巷子深"，但这毕竟是俗话。现如今是社会主义市场经济，是竞争的年代，在众多的国内外卷烟品牌中要做得更好，除苦练内功外，宣传也是非常重要的。也就是酒好也要勤吆喝，怎么吆喝？今天这个会议就是一种吆喝，但更多的应该是做好终端市场的吆喝，也就是要做好为商品经营者的服务，为广大消费者的服务。这个服务的内容是非常广泛的，淮阴卷烟厂在这方面也做了许多的尝试和努力，建立了一支爱企业、重服务的高质量的营销队伍，提出了"变跑市场为做市场，变做市场为经营市场"的思想，我觉得非常好，只有让广大经营者、消费者都深刻领会"一品梅"的文化内涵、高科技的卷烟品质、优良上乘的服务，才能够使"一品梅"成为集三位于一身的广大消费者心中的"一品梅"。

今天的卷烟消费不仅仅是一种感官上的享受,同时更是一种时尚,是一个人综合气质的表象。北京是全国政治文化的中心,是一座具有光荣传统和悠久历史文化的名城,是国际大都市。消费者具有较高的文化修养和政治素质,2005年上半年我市购进淮烟510箱,是今年全年的74%,其中"一品梅"就达400箱。人雅趣志高,我相信通过我们工商两家的共同努力,一定会在北京这个市场进一步做好"一品梅"的营销工作,为实现国家局提出的"大品牌、大企业、大市场"的战略目标而努力。

最后我衷心的祝愿淮阴卷烟厂,祝愿"一品梅""唤醒百花齐开放,高歌欢庆新春来"。

谢谢!

# 海啸

2005年1月1日

2004年岁尾发生的印度洋大地震及海啸，已造成15万人死亡，几十万难民无家可归。

灾害发生后，中国政府和人民迅即向受灾国施以援手。中国的援助现款和救灾物资最早抵达受灾国，中国数支救援队日夜兼程赶赴重灾区，在卫生和生活条件极其恶劣的条件下，迅速投入现场搜救、遗体鉴定、医治伤病和疫病防治等艰苦工作。与此同时，救援捐助活动在中华大地热烈展开。中国是一个政府负责任讲信义、人民有爱心重情谊的大国。余有感而发之。

> 地动云低黑浪起，
> 突来大祸卷苍黎。
> 千家万所声添惨，
> 万景失光画溅泥。

灾难无情人有义，
中华助力水成溪。
环球冷暖同舟济，
杏花春雨共沾衣。

# 冰雪节之夜（二首）

2005年1月

银花照夜空，
冰雪舞双影。
人欢歌动地，
篝火满天红。

## 龙庆峡美
——藏头诗

龙行妫水闹新年，
庆喜英雄舞翩跹。
峡谷流光飘异彩，
美景情浓不夜天。

## 新春遐想

——赞延庆烟草人

2005 年 3 月

春天虽已降临人间,
但依然是乍暖还寒。
在这新春联欢会上,
春姑娘的手仿佛抚摸着我们的脸,
笑容荡漾在每个人的眉宇之间。
那么靓丽、那么好看,
喜气洋洋,春意盎然。
回首去年,
我们的成绩斐然,
税利全面攀升,
专卖、网建比翼飞腾,
经济稳健运行。
这是大家汗水、智慧的结晶!

访销科精心策划、运筹帷幄,
打牢基础做市场,
一心一意为顾客。
配送科不辞劳苦、踏遍青山,
优质服务记心间,
谨慎驾驶雨雪天。
专卖科走街串巷、明察暗访,
忠于职守做护航,
假私非烟无处藏。
财务科遵纪守法、精心运作,
开源节流两不误,
利国利民尽职责。
政保科红旗高举、安全第一,
效率优先重考核,
安定团结创先河。
办公室协调服务、坚持原则,
事无巨细都认真,
锦绣文章任评说。
零售店整齐有序、品种齐全,
笑迎八方送温暖,
童叟无欺放心店。
这一桩桩、一件件,

延庆烟草人就是这样说，
也是这样做。
一心一意地拼搏，
终于迎来芬芳的硕果。
二零零五年，
风正劲、路还长，
让我们挽起坚强的臂膀，
扯起帆、猛摇桨，
迎着初升的太阳，
谱写更新更美的篇章！

## 鹊桥仙

## 贺第一届职工运动会胜利闭幕

2005 年 5 月

彩旗飘摇,

齐鸣乐鼓,

熙熙众生一处。

群英荟萃争人眼,

有道是风流几度。

时代列车①,

水带接力②,

绳上翻飞起舞。

聚合企业精气神,

倾全力两个维护③。

---

① 一种趣味体育比赛项目。
② 一种集体育及消防于一体的比赛项目。
③ 指维护国家利益和维护消费者利益。

## 和平发展共环球

2005 年 6 月

为纪念世界反法西斯战争暨中国人民抗日战争胜利六十周年而作。

斗转星移六十秋,
连天烽火燃五洲。
狂犬吠日三小丑,
蚍蜉撼树欲难求。
亿万军民刀在手,
同仇敌忾斩倭酋。
以史为鉴常温故,
和平发展共环球。

# 游河北赵州桥①

2005 年 7 月

赵州石桥越千年，

沧海桑田腰身健。

国老骑驴试身手，

巍峨屹立美自然。

---

① 赵州桥又称安济桥，坐落在河北省赵县的洨河上，横跨在 37 米多宽的河面上，因桥体全部用石料建成，当地称做"大石桥"。建于隋朝年间公元 595 年—605 年，由著名匠师李春设计建造，距今已有 1400 多年的历史。在漫长岁月中，虽然经过无数次洪水冲击、风吹雨打、冰雪风霜的侵蚀和 8 次地震的考验，安然无恙，巍然挺立在洨河之上。

赵州桥凝聚了古代劳动人民的智慧与结晶。

## 游黄山有感①

2005 年 7 月

云飘雾落奇峰现，
鬼斧神工看黟山。②
怪石嶙峋玉屏楼，③
人过长江心留南。

---

① 黄山，中华十大名山，天下第一奇山。黄山位于安徽省南部黄山市境内，有 72 峰，主峰莲花峰海拔 1864 米。与光明顶，天都峰并称三大黄山主峰。
② 黟（音 yī）黄山的古称。
③ 玉屏楼：黄山一景。

# 红旗渠放歌

2005年7月

七月二十八日在周瑞增局长的带领下北京烟草六十余人到河南省林县红旗渠参观学习。面对如此伟大的人工天河，不禁心潮澎湃，激动万分，放歌一曲，以抒胸怀。

同志，
你肯定知道长江、黄河，
你还可能到过祖国的不少江河、湖泊。
然而你可曾知道河南林县的一条河么？
一条敢叫天惊鬼泣的大河！
啊！——红旗渠，
一个人定胜天的杰作！
一条令人叹为观止的人工天河！
你清波荡漾，
像蓝飘带缠绕太行；
你草木葱茏
像绿地毯铺就满山五谷香；

人欢马叫听三省啊,
渠水响叮当。
遥想长夜难明赤县天的时光,
地主老财似豺狼,
水、旱、蝗、汤人遭殃。
无水地荒真悲伤啊,
姑娘不嫁林县郎。

太阳升、东方亮。
新世界怎容旧时光,
改天换地豪情在,
共产党员血贲张。
"马列主义县委"顺民意啊,
杨贵书记语铿锵,
为老百姓生活变样,
我们共产党就是要敢干敢闯。
无私奉献为人民啊,
艰苦奋斗不彷徨。
一位浪漫的县委书记,
一篇浪漫的大文章,
立下愚公移山志,
誓叫林县山河换新装。

看：
共产党员们走在前，
就如同当年支前一个样。
父送子，妻送郎，
自带工具和干粮。
男女老少齐上阵，
千军万马战太行。
光华闪耀的扁担啊，
挑着太行石头斗雪迎霜。
小推车吱扭吱扭地转啊，
愣是推走了山峰见曙光。
谁知道：
磨断了多少大绳？
使坏了多少铁锹？
填埋了多少炸药？
磨秃了多少钢钎？
林县人民真自豪，
前仆后继冲云霄。
喝令土地山神：
给我让道！
双手捧出清水来啊，
人民尽欢笑。

这就是林县共产党员的风貌,
这就是红旗渠精神的真实写照。
今天我们北京烟草人,
感受着红旗渠的洗礼和熏陶。
我们要真学习、求实效,
红旗渠精神要记牢。
"两个务必"是法宝,
终生实践不动摇。
"两个至上"价值观,
烟草职工记心间。
"两个维护"重于山,
烟草职工斗志坚。
一心一意跟党走啊,
烟草职工脚不偏。
全心全意为人民啊,
红旗渠精神万古传!

# 江城之夜

2005 年 10 月

十月二十八日晚,泛舟夜宴武汉长江之上,应景而作。

江城的夜啊是如此的美妙,
长江的水啊是如此的浩淼。
湖北中烟同行的心啊,
是这样灼人地跳跃。
人和水,水和人,
和谐相处,
共谱一首如情似梦的曲调。
情几分啊爱几分,
如情似爱长江的魂。
是江城啊是水城,
都在青山绿水中。
思想有多远,
我们就能走多远。
这是创新精神的伸展!

我们深情地呼唤,
呼唤爱的使者——
武汉中烟我们的战略伙伴。
让我们挟东风,破艰险,
为了"两个至上"到永远,
创造新的奇迹,
九州共唱红旗展!

## 踏莎行
## 第十届两会闭幕抒怀

2006 年 3 月 18 日

两会迎新,
余音震荡,
翠春风暖人心畅。
宏图志远耀无边,
龙腾虎跃真实干。

舞动旗飞,
琴鸣悦唱,
山高尽处舒心望。
中华奋起世留香,
环球喜看风光盎。

## 参观沙洲坝红井①

2006 年 8 月

饮水思源忆当年,
领袖人民共甘甜。
携手同挖清泉井,
长歌万众永流传。

---

① 沙洲坝村内的红井井口直径 1.7 米,井深 5.15 米,井壁以卵石砌成。这口井之所以称为红井,是苏区时期,毛泽东亲自带领干部群众一起开挖的,这是当时党和苏维埃政府密切联系群众、解决群众生活困难的历史见证。

# 游嘉峪关①

2006 年 8 月 28 日

雄关古道西风卷，

蔽日黄沙迷乱眼。

黄土筑城直堪虑，

西出阳关几人还。

金戈甲胄固疆域，

气壮山河护庄严。

中华一统旌旗展，

大漠尽唱九州欢。

---

① 嘉峪关，号称"天下第一雄关"，位于甘肃省嘉峪关市西 5 千米处最狭窄的山谷中部，城关两侧的城墙横穿沙漠戈壁，北连黑山悬壁长城，南接天下第一墩，是明长城最西端的关口，历史上曾被称为河西咽喉，因地势险要，建筑雄伟，有连陲锁钥之称。

## 游华山[1]

2006年9月

雾落云开莲花现,
华山直耸黄河边。
百丈石瀑逼人眼,
日月崖旁欲超凡。
老君吆牛耕山道,
退之龙脊留笑谈。
踏平崎岖看吾辈,
胆大无险气冲天。

---

[1] 华山又称莲花山。石瀑、日月崖、老君吆牛、苍龙脊均为华山一景。相传唐代文学家、哲学家韩愈(字退之)被贬时曾游华山,在苍龙脊因山势陡峭而不敢行,留遗书并哭之。

## 游鸣沙山月牙泉

2006 年 9 月 9 日

玉兔东升衔山脊,
一弯碧波映新勣。①
国琛大漠晴鸣景,②
稀世名泉绿草萋。③
古道驼铃风接地,
沙水相拥志不移。
三山五岳乾坤数,
万物和谐是真怡。④

---

① 勣:jì 功绩。近闻国家为保护月牙泉采取了多种措施。
② 琛:chen 珍宝。
③ 萋:形容草长得茂盛的样子。
  鸣沙山月牙泉位于敦煌城南五公里,人乘沙流会发出鼓角之声,此即"沙岭晴鸣"奇观。
④ 怡:快乐。

# 游桂林夜观"印象刘三姐"有感

2006年10月3日

"印象刘三姐"系张艺谋之力作。是真山真水真人,以红、蓝、白色为基调,上千群众演员参加的反映少数民族今天幸福生活的大型歌舞实景剧。

青山做幕水为台,
佳丽百千涌眼来。
水映情人成双对,
光照烟嶂次第开。
曲长水流环佩响,
曼舞轻歌红绸带。
碧波潋滟景物殊,
心旷神怡荡尘埃。

## 诉衷情

## 纪念长征胜利七十周年

2006 年 10 月 22 日

在中国红军长征胜利七十周年之际,聆听了胡锦涛总书记的重要讲话。心情激动,感悟颇深,试填一阙,以表心意。

> 长征万里震环球,
> 今日再回眸。
> 英雄自有情志,
> 斩敌寇,
> 固神州。
> 思往事,
> 业当酬,
> 再深谋。
> 高歌前进,
> 敢笑风流,
> 和睦春秋。

# 中秋之日游张家口外坝上草原

2006 年中秋之夜

中秋之日应河北中烟段总之邀陪同周瑞增局长到张家口①卷烟厂参观并游览坝上草原。以诗记之。

华北重镇享盛名，
北国锁钥护京城。
大镜门②外看松桦，
翠云峰里听涛声。
官厅水长情更远，
钻石③恒久意愈浓。
细雨秋风良辰景，
月到中秋分外明。

---

① 张家口自古以来誉为华北重镇。
② 大镜门，省级重点保护文物。位于张家口市区北端，建于清顺治元年（公元1644年）具有 350 多年历史。大镜门是中国万里长城中四大关口之一，在历史上曾有重要地位。
③ 大镜门、翠云峰均为旅游胜地。大镜门、官厅、钻石又均为张家口卷烟品牌。

# 收获

——写于国家局党校处级培训班结业之时

2006 年 10 月

金色的秋天,
神舟六号一鸣冲天的时刻。
我们——
来自全国烟草的百位同仁,
走到了一起,
共同进行心灵升华的学习。

啊!这是一次
知识透支的补课,
如同久旱逢甘雨;
啊!这是一次
人生旅途上的充电,
如同燃料注满火箭。
"三个基本""五个当代",
"三个代表"重要思想,
使我们学有收获,

思想深处又一次顿开茅塞！
从小小的夸克，
到国外执政党的建设；
从当代世界民族宗教，
到国内若干重要问题的解惑；
从台海局势，
到企业文化；
从微观到宏观，
从客观到主观……
啊！古今中外几千年，
历史就是如此的波澜壮阔。
我们——
仔细聆听、认真学习，
研究交流、深入探索。
党校为我们提供了这一片沃土，
我们辛勤耕耘，
满怀喜悦地进行着收获。

啊！这三个月的黑白交错，
时间飞快地流过，
我们同学间的友情，
也已经是如此的恋恋不舍。

今天我们将在党校结业,
明天我们会在各自的岗位上拼搏。
让我们——
携起手、肩并肩,
同心干、不偷懒,
努力践行"两个至上"共同价值观,
全力打造中国烟草的春天!

# 赴河北参观学习有感

2007 年 3 月

2007年2月28日至3月1日我和部分区(县)领导随梁副局长到河北省烟草学习并交流打假工作经验。时间虽然很短,但收获很大。始终被同行的友谊和近邻的亲情包围着,有感而发。

犬去猪来又一春,
京冀弟兄情谊深。
张开铺天盖地网,
尘埃荡尽写乾坤。

## 游井冈山龙潭群瀑

2007 年 4 月 8 日

  龙潭景区，离茨坪七公里，座落在黄洋界南麓，是井冈山风景名胜区中以群瀑汇聚为显著特色的迷人景区，风光独秀。其中尤以第五瀑为胜，整个飞瀑形象如同美丽的仙女下瑶池，美妙动人。

    龙潭水碧五神河，
    但见青山水放歌。
    翠竹环溪芳草绿，
    春风为伴舞婆娑。
    神州地杰英雄在，
    直看长空万里多。
    最爱高峰攀要勇，
    宏图大展庆谐和。

## 诉衷情

## 赞"小平小道"①

2007年4月

当年小道觅流光,

风雨易成伤。

都缘自有天意,

故化作,

路悠长。

思往事,

几番霜,

---

① 三月二十七日随北京市局党组中心组赴江西参观学习。其间到新建县望城岗"小平小道"参观。1969年冬天,65岁的邓小平穿着蓝色卡叽布工作服来到了新建县拖拉机修配厂劳动。在厂西面的荒坡上,有一条狭窄的不足两尺宽的小路,长约1.5公里,蜿蜒曲折,一直延伸至南昌步兵学校原校长楼。从1969年10月到1973年2月,邓小平同志每天都要从这条小路上走过,不管是刮风下雨还是烈日炎炎,从未间断。渐渐地,这条坎坷的小路变得越来越清晰,越来越坚实了,工人们都亲切地称它为"小平小道"。邓小平同志在这条小道上行走了三年零四个月,也思索了三年零四个月。后来有人说:"中国改革开放的思想就是从这里萌发的,中国就是从这里走上了改革开放、民族复兴的康庄大道。"填词一首,以示纪念。

自难忘。
更风流处,
改革春莺,
最笑歌芳。

# 加拿大印象（三首）

2007 年 11 月

## （一）

连天雪碧落基山，①
滴翠衫林绣满川。
路易丝湖山映水，②
天成美景落人间。

## （二）

潇潇暮雨水云间，
千岛如船竞渡还。③
古堡颓垣遗恨在，④
欢歌笑语兴无前。

---

① 落基山为加拿大旅游名胜。
② 路易丝湖为加拿大旅游名胜。
③ 千岛湖为加拿大旅游名胜。
④ 千岛湖上有一古堡并流传着一个凄美的爱情故事。

## （三）

斜飞细雨访名园，①
水殿风来绿柳烟。
小径高台凝尽处，
千红百紫醉花颜。
天工巧夺迷人眼，
鸟雀呼晴净见山。
却是思量求发展，
人和燕舞俩相安。

---

① 名园为布查花园，位于托特湾，距维多利亚大约21公里。花园占地超过55英亩，是由布查特夫妇合力建造，为求美化一个荒废的石矿场。时至今日，每年吸引逾百万游客前来参观。成为人与自然和谐的典范。

## 再访西柏坡有感

2008 年 3 月 27 日

2008 年 3 月又一次来到西柏坡参观学习,依然感触良多。

太行东麓西柏坡,
明珠映照滹沱河。
红线连处风云起,①
电报声中斩阎罗。
"两个务必"长相记,
"三大战役"奏凯歌。
全国一片山河秀,
万众欢腾庆共和。

---

① 指地图上红笔画出的我军进攻路线。

# 游八达岭长城①

2008年5月

虎踞龙盘北固楼,
犹闻金戈铁马啾。
旌旗蔽日狼烟起,
史鉴祖龙筑神州。②

---

① 八达岭长城,位于北京市延庆县军都山关沟古道北口。是中国古代伟大的防御工程万里长城的重要组成部分,是明长城的一个隘口。八达岭长城为居庸关的重要前哨,古称"居庸之险不在关而在八达岭"。
② 《史记·秦本记》云:祖,始也;龙,君也,祖龙隐指秦始皇。

# 奥运火炬在珠峰点燃

2008 年 5 月 10 日

珠穆朗玛啊!
圣洁的雪山,
你是地球上最高的峰巅。
2008 年 5 月 8 日 9 时 17 分,
中国的登山健儿冲顶成功,
奥运火炬在珠峰点燃。

圣火辉映啊!
祥云缭绕。
中国人是多么的勇敢!
向全世界人民发出邀请,
同一个世界、同一个梦想。
北京欢迎你前来竞技参观。

从希腊到中国啊!
从国际到国内。
五环和五星映入全世界的眼帘,

圆了中华民族的百年梦想。
中国人兑现了承诺,
世界民族之林敢为人先。

东风劲吹啊!
红旗飘扬。
绿色人文科技奥运的乐章正在上演,
精诚团结继往开来,
更高更快更强是我们的目标,
中华民族的复兴一定要实现!

## 陈坚,请你放心远行

2008 年 5 月

我不是文人,
更不会写什么诗歌。
但面对着他——陈坚,
一个二十六岁的小伙儿,
我有话要说。

七十九个小时,
你在废墟中挨过。
生命的激情在喷涌,
你说我必须要活!
因为还有很多爱我的人在等我。
生命是如此的顽强,
对生活的渴望又是这么的执着。

水泥板压着你身躯的时刻,
你和救援人员谈笑风生,
还用电话和妻子诉说。

你和我们约定,
要坚持到最后……
然而你还是走了,
走的是这样的匆忙而又恋恋不舍。

你面对死亡的沉着,
表现的是那样的洒脱。
对我们这些活着的人,
是激励更是嘱托!
陈坚,请你放心远行,
我们将众志成诚奋力开拓,
胜利必将属于中国!

## 参观大雁塔①

2008 年 7 月

古塔临风傲苍穹，
鸟瞰天下万事空。
古今兴亡多少事，
慈恩修善天下平。

---

① 大雁塔原名慈恩寺塔。位于唐长安城晋昌坊的大慈恩寺内。唐永徽三年（652年），玄奘为保存由天竺经丝绸之路带回长安的经卷佛像主持修建了大雁塔，最初五层，后加盖至九层，再后层数和高度又有数次变更，最后固定为今天所看到的七层塔身，通高64.517米，底层边长25.5米。

# 参观华清池御汤遗址①

2008 年 7 月 18 日

华清池水洗凝脂，
文人骚客咏太迟。
莫道红颜是祸水，
皆因明皇不自持。②

---

① 唐华清宫，是唐代封建帝王游幸的别宫，后世称"华清池"，位于陕西省西安市临潼区。
② 明皇即为唐玄宗李隆基。

## 参观秦始皇陵兵马俑[①]

2008 年 7 月

庞然巨阵地下封,
金戈铁马震长空。
一统江山同日月,
方知始皇是英雄。

---

[①] 兵马俑,即秦始皇兵马俑,第一批全国重点文物保护单位,第一批中国世界遗产,位于今陕西省西安市临潼区秦始皇陵以东 1.5 千米处的兵马俑坑内。兵马俑是古代墓葬雕塑的一个类别。

# 参观西安事变五间厅

2008 年 7 月

五间厅外响枪声,①
旷世义举普天惊。
抗日烽火连天蔽,
人间正道最含情。

---

① 西安事变旧址,位于西安华清池,五间厅建于清朝末年,属全国第二批重点文物保护单位。1936 年 10 月、12 月蒋介石两次入陕,以华清池为"行辕",下榻五间厅,其玻璃窗、墙壁上,迄今保留兵谏发生激战时的弹痕。

## 望海

——改革开放三十年有感

2008 年 8 月于北戴河

雪白的云朵,
一朵一朵亲吻着海面;
欢唱的浪花,
一层一层亲吻着堤岸。
远山衔着落日,
海燕上下盘旋,
渔舟徜徉在云海之间,
好一幅绚丽的画卷!

诗人高尔基曾经呼唤——
让暴风雨来的更猛烈些吧,
以此颂扬海燕的勇敢。
如今改革已走过三十年,
成绩斐然。
然而中国改革还要前行,
那怕已然进入深水湾,

更要有壮士断腕的果敢。
怎么办？
坚斗志，
义无返，
炼筋骨，
笑九天，
历经风雨，
到达彼岸，
这才是新时代的海燕！

江山辈有才人出，
改革之船正扬帆。
让我们：
情更专，
志更远，
重学习，
勤实践，
不屈不挠，
奋勇向前。
喜看风光今无限，
神州大地俱欢颜！

# 赞中国奥运健儿

2008 年 9 月

含辛苦练泪与汗，
勇闯竞技难和险。
青春无悔搏风浪，
享受快乐重康健。
卅年改革夯基础，
百年企盼今朝圆。
巨龙腾飞神州喜，
五环旗下共蹁跹。

## 看奥运闭幕式有感

2008 年 9 月

燃烧了十六天的圣火徐徐熄灭,
伴随着卷起的画卷,
北京完美谢幕,
二十九届奥运会绚丽夺目。
这是怎样的十六天啊!
有多少乐趣? 多少激扬?
有多少壮丽? 多少感动?
这就是中国给世界的承诺:
给我一个机会,
还你一个奇迹!
百年梦想一朝实现,
七年筹办感慨万千。
绿色、科技、人文奥运的理念,
在中国,
在北京,
在赛场内外,

在方方面面展现。
十三亿东道主用微笑喜迎四海宾朋,
用汗水和奉献托举起绚丽的五环。
全世界人民携起手来,
让我们共同唱起和平发展的主旋!

# 改革开放三十年,日子越过越甘甜

2008 年 10 月

2008 年在中国的历史上注定是不平凡的一年。它是中国人民在中国共产党的英明领导下浓墨重彩地描绘人民幸福生活的又一新的历史起点。

2008 年中国人民克服了百年不遇的冰雪灾害;战胜了汶川特大地震;成功举办了无以伦比的第二十九届奥运会、残奥会。在全世界人民面前彰显出中华儿女坚强、勇敢、勤劳、智慧、开放、包容、成熟、自信的优秀品质。中国的国家形象,中国人民的时代风采,中华民族的精神气蕴,让世界惊奇!而这一切的一切,莫不极大地得益于三十年改革开放积累的综合实力,得益于三十年改革开放积淀的民族自信。

三十年来,中国坚定不移地推进改革开放,神州风物沧海桑田,国人面貌焕然一新。三十年改革开放,为中国积累了巨大的物质财富和精神财富。巍然屹立于世界东方的中国,迎来民族复兴的光明前景。

三十年改革开放带来的变化,俯拾皆是。从"实践是检验真理的唯一标准"战胜了"两个凡是"到以家庭联产承包制为突破口的农村改革；从暂时搁置姓"社"姓"资"的争论到提出有计划的商品经济；从提出"科学技术是第一生产力"到建立现代企业制度；从"两个根本性转变"到党的"十五大"提出党在社会主义初级阶段的基本纲领；从"十六大"确定全面建设小康社会的奋斗目标到科学发展观写入党章……这一桩桩、一件件无不展现着我们党领导全国人民走过的改革开放三十年。三十年的历程波澜壮阔，三十年的记忆永驻心头。

　　我这里想讲述的是发生在自己身上的真实而切身的感受，是小家、小日子的小事情。但也可以折射出我们伟大祖国这个大家庭、大日子的大事情。

　　三十年前我还在内蒙古的一个小城里工作，那时我已结婚并有了一对可爱的女儿，生活紧张而单调。小城里只有一家能坐几百人的电影院，来个新电影就跟不要钱似的疯抢，有时还看不上。我家中拥有的电器比赵本山饰演的小品中略强，除了手电筒外还有一个半导体收音机。电视是想都不敢想的奢侈品。记得那是80年夏天，广播局的一位朋友告诉我，他们局里来了一批内蒙产的大天鹅电视，黑白、12吋的，420元，可以赊销。如要，他可以帮我搞到指标。要知道当时我和我爱人两人的工资加起来才八十多元呀，420元无疑是个大数字。回家一说，我爱人的意思是不抢这个先,又有孩子,花钱的地方多了,过日子要紧,早看两年晚看两年不吃劲儿。在家里就能看电影,对于我这个电影迷来讲,这该有多大的诱惑呀!记得小时候在北京宿舍大院的操场上每周六晚上都演电影,哪怕是看过多少遍的,连台词都能背下来的影片也坚决不落下。依然是早早吃过饭,拿上小马扎就去抢地方了。那个少年时周末的晚上给了我太多的乐趣。于是我继续做爱人的工作,特意说明了还可以赊销呢!先预付一百元,其余的两年还清。并说,看电视还可以不挤电影院了,既能省钱还省事。加之那时我已经戒烟两年多了,我又说如没事干再捡起来的话不也费钱吗?!总之经过一晚上的软磨硬泡,她终于同意了。给了我从牙缝中省出来的一百元钱。第二天一上班我就去单位开了证明并请假去了广播局。交钱办手续的,排了十几个人,快到中午时总算办妥了手续,当我用自行车(公车)驮着电视回家时,心里那叫一个美呀!那时我们小城的电力供应还是柴油机发电,每晚六时至十一时才有电。于是下午又找邮局的朋友弄来了点儿废铝线,几股绕在一块,找根椽子,买来馈线,架起了天线,一切都非常顺利,就等晚上来电试机了。记得那天我爱人把电视擦了一遍又一遍,我和几个朋友坐在炕桌旁,就着炒土豆丝,喝着草原白酒,孩子依偎我的怀里,大家有说有笑,真跟过年一样!六点,终于来电了,七点,电视亮了!有声音了!有影像了!……那个兴奋劲儿就别提了!(那时这个小城刚建差转台,七点钟才转播,而且只有两个台,一个中央一台,一个内蒙古台。不像现在台这么多,费遥控器。)大人、孩子的脸上都流露出甜美的笑容。从此以后我们家里的笑声更多了。一般的晚上都要看到快停电时才恋恋不舍地关上,(如不提前关上一拉闸怕对电视有损坏)。孩子也有了向小伙伴炫耀的资本。逢上有好看的电视连续剧,还着实接待了几晚上邻居们呐!后来我爱人又买了电视套,(现在谁家电视还套那东西呀),再后来,为了提高收看质量,不知谁发明了彩电塑料片,贴上去,黑白就变成"彩色"了。再再后来,欠款还清了,小城也有了常电了,台也多了。82年又第一次地调整了工资。到85年我家就换了一台福日牌18吋的真正彩色电视机。91年我调回北京工作,家里又购置了松下29吋彩电。——随着改革开放的逐步深入,北京烟草事业的蓬勃发展,我家的生活水平更是芝麻开花节节高。伴随着住房的改善,两居、三居、三室一厅,彩电更是如影随形般地跟着我,而且越来越大、越来档次越高,什么液晶的,超薄的,壁挂的,以至于后来每个房间一台。电视已成为了我生活中的一部分,电视也成了我记忆中最美好的一部分,电视为我们这个小家、小日子增添了无尽的享受和欢乐。尽管现在家里电器已是各种各样,大大小小,不一而足。但是我始终忘不了改革开放初期那台赊销的、黑白的、十二吋的、内蒙古产的大天鹅牌电视机。

改革开放三十年,日子越过越甘甜。我是改革开放的亲历者、实践者、受惠者。小家反映大家,小事彰显大道理。事实雄辩地证明,没有改革开放就没有中国的今天,改革开放是决定中国命运的关键选择,是发展中国特色社会主义,实现中华民族伟大复兴的必由之路!

# 西藏行（四首）

2009 年 8 月

与友三人共游西藏，实现了又一梦想。短短十天时间，无论是巍峨的布达拉宫，还是圣洁的纳木错；遍布温泉的羊八井还是温婉的林芝。到处是经幡飞舞，绿水蓝天。西藏真是一个神奇的地方。成诗几首以记之。

## （一）

绿草蓝天江水清，
雪域高原经幡迎。
梦中圣境今拜访，
天路送我脚生风。

## （二）

圣山庄严映霞光，
布达拉宫好辉煌。
红白相间经幡舞，
妙语箴言日月长。

## （三）

亦步亦趋拜圣宫，
香烟缭绕酥油灯。
慈航普度法无边，
恩泽四海惠众生。

## （四）

羊八井前好风光，
林芝景象不寻常。
草长莺飞牦牛现，
法论常转经悠扬。

# 游武当山①

2009 年 10 月 31 日

云环雾绕武当山，
跃上葱茏数百旋。
金顶上面看世界，
转运门前求平安。
天人合一乾坤建，
三生万物道无边。
遍览前贤均同理，
人民江山庆万年。

---

① 武当山，道教圣地，位于湖北省十堰市境内。武当山又名太和山，谢罗山、参上山、仙室山，古有"太岳""玄岳""大岳"之称。

明代，武当山被皇帝封为"大岳"、"治世玄岳"，被尊为至高无上的"皇室宗庙"。武当山以"四大名山皆拱揖，五方仙岳共朝宗"的"五岳之冠"的显赫地位闻名于世。

武当山是联合国公布的世界文化遗产地之一，是中国国家重大风景名胜区，武当山有古建筑 53 处，全山保存各类文物 5035 件。武当山是道教名山和武当武术的发源地，被称为"亘古无双胜境，天下第一仙山"。

# 答友人

2009年10月

十月深秋,

小雨淅沥。

我又一次地来到,

这片人杰地灵的荆楚大地。

忆文明之悠远,

叙战友之情谊,

我心旷神怡。

我驻足在隆中的草庐前,

咀嚼着鞠躬尽瘁死而后已的至理名言;

我徘徊在米芾祠前,

思考着我辈应怎样学习先贤;

我攀登在武当山上,

参悟着深奥的道家箴言;

我徜徉在湖北武烟的百草园,

倾听着"思想有多远,我们就能走多远"的铮铮誓言。

前进道路无止境啊,
为国贡献再攀登。
京鄂兄弟手挽手啊,
高举红旗再长征。
这就是我的祝福与真诚!

天渐渐地黑了,
夜色笼罩大地。
脸微微地红了,
宴席即将散去。
但我们京鄂烟草人的心啊,
却永远连在一起。
朋友啊!
无为在歧路,儿女共流涕,
我们今天的别离,
不过是明天欢庆胜利的序曲!

# 赞福建永定土楼①

2009 年 10 月

千年智慧百年楼，

内外兼修几春秋。

任凭狂风暴雨骤，

稳坐碉楼高一筹。

---

① 永定土楼，位于中国东南沿海的福建省龙岩市永定区。永定，是纯客家县，是福建省拥有最多土楼的县，总共 23000 余座。是世界上独一无二的神奇山区民居建筑，是中国古建筑中一朵奇葩。2008 年 7 月成功列入世界遗产名录。

# 情思母校

——谨以此文献给伟大祖国 60 华诞

2009 年 9 月 26 日

60 年岁月荏苒，60 载春华秋实。新中国成立 60 年来，在以毛泽东、邓小平、江泽民同志为核心的党的三代中央领导集体和以胡锦涛同志为总书记的党中央的高度重视和亲切关怀下，教育事业成为全社会共同关心的事业，教师日渐成为最受人尊敬的职业。在这举国欢庆祖国 60 岁生日的时刻，抚今追昔，更加想念教我成人、育我成长的老师们和母校——北京景山学校。

悠悠岁月，母校情深。真是这样啊！北京景山学校成立于 1960 年，是全国第一所九年一贯制的试验学校。校长方玄初（笔名敢峰）。我是第一届九年一贯制的毕业生，当时我在九年级二班（共两个班），班主任是李茂中老师。因为"文化大革命"我于 1969 年 3 月离开景山学校到内蒙古锡林郭勒大草原插队。学历为六八届高中毕业。屈指算来离开母校已整整 40 年了。时间的流逝非但没有冲淡我对母校的情感，反而随着时间的久远，越来越思念，越来越深沉。每当报纸、广播、电视出现北京景山学校的消息时，就如磁石一样吸引着我的眼球，往往情不自禁地脱口而出："我就是景山学校的！"自豪之情溢于言表。此时此刻许多往事也会一股脑地挤在你面前，记忆的闸门一打开，就像窖藏多年的美酒一样，流香四溢，令人心醉。……

无论是在"蓝蓝的天上白云飘，白云下面马儿跑"的知青生活中，还是在机关工作中；无论是在内蒙古，还是在北京；我时常想起给我知识，教我做人的老师们。78年当我得知景山学校马淑珍等三位老师被授予全国首批特级教师时，别提有多高兴了，这不单是对中小学教师辛勤工作的充分肯定，更是意味着中小学教师地位的提高、待遇的改善。尤其是1983年9月邓小平同志为景山学校的题词"教育要面向现代化，面向世界，面向未来"。更是振聋发聩！至今仍鼓舞着全国教育工作者为之拼搏、奋斗。景山学校教育改革的成功实践影响着几代人，为我国教育事业的发展建立了不可磨灭的功勋。

我就是其中的经历者，见证者，更是受益者。曾记得七年级时，周正逵老师为我们讲授朱自清的《背影》、鲁迅的《从百草园到三味书屋》、郭沫若的《凤凰涅槃》和冰心的《小桔灯》，他朗读时的语言、声调言犹在耳；玉质瑛老师手捧《古文观止》，为我们讲授《郑伯克段于鄢》《曹刿论战》及诸葛亮《前出师表》、李密《陈情表》时抑扬顿挫，时而凝神，时而摇头，表情丰富的情景，恍如昨天；李茂中、康振明等老师更是给我以鞭策，给我以机会。在学校教学观摩时，在学校夏收劳动等场合，多次让我给同学们背课文、说评书、讲故事。因材施教，发挥潜质，教学互动，学学相长。既进行了生动的思想教育又激发了大家的学习兴趣，收到了很好的示范效果。

记得有一次正值学校组织下乡拔麦子，其间康振明老师拿来刊登在《人民日报》上讲空军英雄打台湾飞机的一篇通讯故事，让我来讲。那时真是年轻，记忆力太好了。一个白天背诵下来，晚上就在打谷场上为全校师生及老乡表演，既有语气又有动作的评书形式受到了热烈的欢迎；《欧阳海之歌》整章的背诵后，在全校师生大会上讲演。记得那时老师们一句句、一段段的教我语气的把握，给我讲解段落大意，革命英雄为了人民利益英勇献身的精神深深感动着我，也通过我的表演，感染着全校师生。至今在同学聚会上，大家谈起时，还津津乐道。那时学习是紧张的，更是充实的。这样的教育，提高了我的思想觉悟，坚定了我的理想信念；这样的教育，增强了我的记忆力，今天已经快60岁了，记点东西仍不费力；这样的教育，锻炼了我的口才，现在讲话发言仍有较强的吸引力；这样的教育，培养了我的写作能力，现在写点东西，语句通顺，逻辑严紧，写首诗歌激情洋溢……这一切的一切都是景山学校给我的，我真诚地感谢母校！感谢辛勤的老师们！

　　还有一事不能不说，那就是我在插队时被评选为全旗学毛著积极分子，在一次大会讲用后，旗政府军代表曾问我："你的讲用稿是自己写的吗？"我说："是。"随后他就问："你是北京哪个学校毕业的？"我答："景山学校。"他眼睛一亮："哦！怪不得呢！景山毕业的！"在这之后，没过多久，在我插队一年零七个月后的70年10月就被上调到旗里机关工作了。很长时间以后劳动局领导跟我谈起当年研究调知青之事时说："旗政府军代表第一个就推荐了你，说这孩子是景山学校毕业的，错不了！"啊！我又一次得益于景山学校，母校的魅力多大呀！在随后的近四十年工作中，无论岗位如何变化，职务如何升迁。我都忠实地按母校教导我的做人做事标准去为人、处事；看事，做事；用母校给我的知识去思考问题，去努力工作。始终怀揣报效祖国，服务人民的感激、感恩之心。这些年我从一名高中生到大学生、研究生；从一名普通干部成长为中共党员，到负责一方面工作的领导干部。是母校的营养滋润着我成长。和我一起工作过的领导和同事，尤其对我的思辨能力及语言表达能力、文章的写作都曾给予了较高的评价。后在山西财经学院上大学，在中央党校读研究生时，我的毕业论文都因有独到的见解和文笔流畅被评为优秀。不少人都说，乐意和我交流，乐意听我说话，有水平，有激情，有感染力。而这一切的基础还是母校给我的。北京景山学校——知识的宝库，人才成长的沃土。

60年在人类的历史上只是一瞬间，然而对一个人来讲却是多半辈子。这期间又有多少事情要说呢?！值此伟大祖国60华诞之际回忆母校，更是对祖国母亲的情思诉说。

岁月如歌，往事历历。情悠谊长，感人心脾。

严师似父，雕精琢细。点石成金，竖子成器。

伟大祖国，日新月异。扬帆远航，再看舟楫！

北京景山学校，我永远的记忆！

北京景山学校，我永远的惦记！

北京景山学校，愿你与祖国共比翼！

# 第四部分
## 2010年退休后

作者与北京市局刘局长、离退办张主任在国家局双先表彰会上。

作者在内蒙古。

作者与当年北京插队知青一起在天津渤海新区。

作者与夫人在俄罗斯。

作者在北极村。

心声

作者与夫人、两个女儿、两个外孙女在春节庙会。

作者与两位亲家、女儿、女婿、外孙女合影。

作者在延安市延川县文安驿镇梁家河村。

作者在延安宝塔山。

# 参观世博会有感（外一首）

2010 年 10 月

十月十八日至二十二日随市局老干部参观团赴上海参观世博会。并游览了杭州湾大桥。成诗二首以记之。

## （一）

浦江两岸世博园，

五洲争艳民为先。

桃红柳绿别样景，

万国盛会喜空前。

## （二）

碧海蓝天杭州湾，

彩虹一道两岸连。[①]

造福桑梓促发展，

人比天高看今天。

---

① 杭州湾大桥全长 36 公里，全桥栏杆涂成赤橙黄绿青蓝紫七色，每五公里一种颜色，蔚为壮观。

# 赞北京卷烟厂

2011 年 5 月 6 日

　　五月六日，随北京烟草第三期科级干部岗位资格培训班的全体学员到北京卷烟厂参观学习。在常务副厂长齐伟成等人的陪同下参观了制丝、卷包车间，并观看了宣传片，进行了座谈。大家无不为北京卷烟厂的奋斗精神而感动，为北京卷烟厂的科学发展而振奋。感动、振奋之余吟诗一首以记之。

在首都北京的东南方，
在通州古运河的身旁，
一座现代化的工厂——北京卷烟厂
拔地而起，
她是那么的清新亮丽，
神采飞扬。

在这里——
听不到机器杂乱的轰鸣，
看不到污水的满地流淌，

闻不到呛人鼻息的异味，
摸不到烟尘灰土的肮脏。
啊！一切都是那样的舒畅！

在这里——
操作工聚精会神地工作，
双手就像在弹奏春天的乐章，
电脑前数字清晰、指令明确，
管理工作持续改进、有弛有张，
啊！一切都是那样的正常！

在这里——
科技创新生活理念时尚，
新品开发注重减害降焦量。
以人为本构建和谐企业，
努力践行国家利益、消费者利益至上。
啊！一切都是那样的激扬！

四十年风雨历程，
三次创业铸辉煌，
从无到有填补首都卷烟工业空白，
从小到大走向世界日益茁壮。
这是几代人的心血啊，

这是我们烟草人的荣光!
我们衷心地祝福你:
北京卷烟厂——
越来越好、越做越强!
在科学可持续发展的征途上,
不懈怠、不彷徨,
为了实现"卷烟上水平",
高举红旗,
永远向前方!

# 立志跟党走,永远不回头

2011 年 5 月 28 日

"那一天你拉着我的手,让我跟你走,我怀着那赤诚的向往走在你的身后,跟你涉过冰冷的河流,患难同经受,跟你走过坎坷的小路,从春走到秋。跟你饱尝过风霜雨雪,跟你共同饮过胜利美酒,千里万里我也没回头……"

在伟大的中国共产党即将迎来九十华诞之际的大喜日子里,我吟唱着这支《一切献给党》的歌儿,不禁心潮起伏,激情燃烧。心中涌出千言万语要向妈妈——伟大的中国共产党诉说……

我是标准的"生在红旗下,长在新社会"的五零后。父母虽说都是旧知识分子,但从我记事起,他们就以自己的亲身经历教育我们几个孩子,没有毛主席就没有新中国,没有共产党就没有现在的新生活。让我们好好学习,长大报效祖国。随着年龄的增长,学校、社会的教育,对父母的教导有了更深刻的切身感受。

我的小学和中学是在同一所学校——北京景山学校度过的。北京景山学校是所九年一贯制的实验学校。不但在教学上独树一帜,在其他方面也有新意。我记得那时戴的红领巾上绣有"儿童团"的汉语拼音,老师教育我们红领巾戴在身上,责任记在心里。要继承传统,做革命事业的接班人,从小就要为共产主义事业时刻准备着。那时的学校生活是丰富多彩的。既在教室里学习文化知识,也有每年一次的下乡麦收;既学习朱自清的《背影》和冰心的《小桔灯》,也学习毛泽东的《为人民服务》和《纪念白求恩》;既到少年宫参加科普讲座,也担当了大型泥塑《收租院》在中国美术馆首展的讲解工作……张思德、董存瑞、黄继光、欧阳海等一个个鲜活的共产党员、英雄模范人物不断教育着我,激励着我,促进着我思想的进步与升华。

一场"文革"风暴席卷全国,我抱着赤诚跟党走,紧跟毛主席干革命的信念参与其中,并于六九年三月积极响应毛主席"知识青年到农村去,接受贫下中农再教育"的号召到内蒙古插队。在插队近两年的那些日子里,无论风吹雨打还是天寒地冻,我都主动和贫下中牧打成一片,虚心学习骑马放牛、放羊接羔、打草背粪等活计,不怕脏、不怕累,自觉接受贫下中牧再教育。七零年我被评为全旗学习毛著积极分子并参加了大会讲用,也就在同年十月我被上调到旗里工作。记得头一天报到时军代表王副团长语重心长地对我提出三点要求:第一要认真学习毛主席著作,坚定共产主义信念,永远跟党走。第二要自觉维护民族团结，为边疆地区的安定做贡献。第三认真学习，努力工作，争取早日加入党组织。在以后工作的四十一年中，我牢牢记住他的话，严格要求自己，真诚地对待周围的各民族同志，认真处理组织交给我的各项工作任务，努力学习，认真工作，不敢有丝毫的懈怠。我先后在内蒙古正蓝旗食品公司、商业局、贸易公司、民族贸易商场、公路段从事过销货员、秘书、副股长、股长、副经理、经理、段长等工作。但不管职务如何变化，我都认真对待，努力拼搏。各级领导和党员同志们也对我进行了无私的帮助。其中，有表扬与鼓励，也有批评与教育。面对前进中的困难与坎坷，从未气馁过，就是一个信念：好好工作，接受考验，争取早日入党！那时候入党要求非常严格，有的单位几年发展不了一个，一是政审要求非常严格，二是工作要求非常优秀。我至今还记得七六年当我把第一份入党申请书交给领导时的情景：领导接过申请书仔细看过后深情地和我说，小高，这很好，表明了你永远跟党走的决心。虽然你已经连续两年都是先进工作者，但是还不够，就你现在的表现离一名共产党员还差得很远。还要努力才行啊！我诚惶诚恐，满身流汗，既为我的冒失，也为我的不足。然而事后领导就安排两名党员找我谈了话，指出了我身上的缺点与今后努力的方向，给了我鼓励，帮助我坚定了"立志跟党走，永远不回头"的信念。

从那以后我工作更加努力了。也就从那时起每到年终及重大节日我都向党支部递交申请书，汇报思想求得帮助，积极靠拢组织，主动接受考验，争取早日入党。1983年经组织推荐我参加了全国首批成人高考，考上了山西财经学院。成为班级近百人中年龄第二大的学生，三年后毕业时也成为班级10名优秀学生之一。1986年2月15日是我终身难忘的日子，这一天我的愿望终于实现了，成为了伟大的中国共产党中的一员。十年申请，十年奋斗，我终于成了党的人，站在了新的进步起点上。从此我先后担任了民族贸易商场经理兼书记、公路段段长兼书记等职务。我本人和我所在的支部多次获得模范共产党员称号及全盟、全旗先进党支部等荣誉。九零年我的先进事迹还被登在内蒙古总工会会刊《五月风》中。我的工作受到各级党委、政府及同志们的充分肯定。

1991年我们一家人回到了北京。我被安排在北京卷烟厂工作。在工厂期间一切从零开始，我早来晚走，虚心求教，如饥似渴地学习陌生的东西，以共产党员的标准要求自己，听党的话，一切以党的事业为重。我记得在我担任厂办副主任兼科二支部书记的第三年（九四年十月），时任北京卷烟厂厂长的王平和党委书记刘福志同志找我谈话，大致意思是，根据你的工作经历和厂里目前的情况，想让你参加宏叶卷烟经营部经理的竞聘，你考虑一下。要知道在当时竞聘上岗可是新生事物，在北京卷烟厂也是头一遭，况且十几名报名者中不乏老烟草，而我才来厂四年，现在厂办刚干熟又是平级任职，销售工作虽不陌生但毕竟有所不同，有必要冒这个风险吗？但当我看到领导期许的目光时，我坚定地说："党让我干什么我就干什么！"后来我竞聘成功，担任了宏叶卷烟经营部经理兼书记（后变更为第五经营部），在随后的五年中我和同事们一起摸爬滚打，在厂部党委的正确领导下，为中南海品牌的成长贡献了我的聪明才智。九八年我又担任了副厂长。在班子里我服从班长，执行决议，干好分管工作，为北京卷烟厂的发展尽职尽责、尽心尽力。

2003年11月调往延庆局（公司）任局长（经理）、党组书记。我丝毫没有因为离家远、条件差而抱怨过，而是牢记党的嘱托，全身心地投入到工作中，下基层、建网点、管市场、促销售。2005年5月延庆局（公司）一举打掉机器制造假烟窝点，案值巨大，判刑数人，成为北京首例。同年我也被评为全国卷烟打假先进个人。2006年又被评为北京市国资委系统优秀党务工作者。

2007年5月听从组织调动任市局（公司）审计处处长。我不计个人得失，以高度的责任心和事业感，向内行请教，努力学习专业知识，以"服务别人就是服务自己，提高效率就是提高效益"的企业理念团结全处同志，遵循"国家利益至上、消费者利益至上"的行业共同价值观较好地完成了市局（公司）党组交给的各项工作任务。2008年审计处被授予全国烟草系统审计工作先进单位光荣称号。

2010年3月我退休了。走过了人生的一个甲子，回首往事，感慨万端。回顾我参加工作的四十一年，我深深地体会到：只有时刻牢记党的教导，认真学习马列主义、毛泽东思想，学习邓小平理论、"三个代表"重要思想和科学发展观，牢记共产党的宗旨，以身作则，加强修养，听党的话跟党走，才能够干一行爱一行，钻一行成一行，以积极向上的良好心态面对生活、工作和周围所给予的一切。激情工作，健康生活。我感谢共产党，感谢社会主义社会，感恩我们这个伟大的时代！没有共产党就没有新中国，没有共产党就没有我们的一切！

我现在尽享天伦之乐。老伴也是党员，两个女儿在我们的教育与熏陶下听党的话跟党走，现在她们都已大学毕业成为了国家干部、共产党员，一个女婿也是共产党员，另一个女婿正在积极争取中。两个小孙女，大的已经4岁，小的刚刚百天。大孙女唱起"没有共产党就没有新中国"和"歌唱祖国"等歌曲字正腔圆，一字不差，边唱边舞，令人动容。"立志跟党走，永远不回头"已经成为我们这个家庭永远的行动指南。

这时我耳边又响起了"一切献给党"的熟悉旋律："如

今你还拉着我的手继续跟你走,我迈着那坚定的脚步走在你身后,为你捧出火红的青春,一路去追求,为你抛洒滚烫的热血,奉献我所有。也许还要走过无数岁月,幸福的热望总在心头,千年万年我也不回头,千年万年我也不回头。永不回头!"

# 井冈山随想

2011 年 10 月 29 日

十月二十三日和北京烟草第四期科级干部培训班又一次到井冈山参观学习，又一次受到了深刻的教育。井冈山精神永远激励我们前进！

红色土地，层林尽染，
潺潺溪水，天高云淡。
我又一次来到你的身边，
——井冈山！

遥想当年，正逢苦难，
民不聊生，军阀混战。
人民生路在哪里？
上下求索问青天！

秋收暴动，南昌起义，
朱毛会师，建根据地。
井冈山上旗漫卷，
中国革命谱新篇！

南瓜红米，聊以充饥，
官兵平等，同舟共济。
大刀土炮把敌歼，
红旗映红半边天！

土地革命，风起云涌，
马列主义，活学活用。
唤起工农千百万，
枪杆子里出政权！

革命实践，雄辩证明，
星星之火，可以燎原。
毛泽东——你是中国人民的救星，
井冈山——你是中国革命的摇篮。

啊！井冈山，
我们将永远高扬你的旗帜，
大力弘扬讲责任讲纪律讲奉献，
全力打造京烟首善，
将井冈山精神传承到永远！永远！

## 再赞北京卷烟厂

2011年11月25日

十一月二十三日随同北京烟草第四期科级干部培训班又一次参观北京卷烟厂,又一次受到教育和感动,以诗记之。

时光似水又一年,
京烟旧貌换新颜。
三次创业成伟绩,
几番浴火凤涅槃。
三讲精神须践行,
两个至上记心间。
持续发展同心干,
风舞红旗再登攀。

# 义务劳动

2012 年 5 月 20 日

前几天学会的韩潞在老干部活动时间向大家约稿，内容是庆祝总公司成立 30 周年，邀请老干部们写写回忆文章。盛情之下，慨当允之。但几次提笔又几次放下。原因有二：一是 30 年在历史的长河中只是弹指一挥，但是在人生之中又不算太短，一时真不知从何说起。二是我本人在北京烟草工作时间只有 21 年，非开局之臣，不敢言老。但答应之事总要办吧，恰逢"五一"劳动节，哎，"义务劳动"这个词突然在脑海中显现。对，就说说在北京卷烟厂的"义务劳动"吧！这个现在已经久违的事情。

我是九一年来到烟厂的，刚从边塞小镇回到阔别 20 余年的首都，来到有一千多人的大工厂，真有点目不暇接的感觉。在尽快熟悉工作环境之时，看到了很多新东西，接触了许多新事物，很受教育。尤其感到新鲜的是科室干部参加义务劳动。烟厂的义务劳动包括的劳动很广泛，既有打扫卫生（非本科室）；又有到车间干活；还有拆烟、装异型烟等等劳动。由人劳科统一安排，列入考核。最让我记忆深刻的是第一次参加的"义务劳动"——打扫卫生。

那是我刚来厂不久的一天,早上一上班科内就接到人劳科的通知,让派两人参加义务劳动。任务是打扫卫生,地点是一车间后通道。部门领导就让我和另一位同志去。当时我还想义务劳动无非也就是扫扫地、擦擦玻璃吧。等到地方才知道不是简单的扫扫地的事。一车间后通道是连接原烟处理及制丝线的过道,那时原烟是用麻袋包装的,到车间第一道工序就是拆包,烟尘极大,工人劳动强度也大,卫生条件较差。地面上、墙壁上都是烟土、碎叶等,加之有蒸汽和水,有些墙角旮旯的烟土都是黑色的,发出异味。我有些茫然,不知该干什么。当然也有怕脏的思想。这时同去的另一个人到组织者那里报了到并领了两把铁锨,我学着他干了起来。那个场面至今我还清楚地记得:有的同志用水管冲,有的同志用铁锨刮,有的同志扫,有的同志擦,还有的同志随着电瓶车一趟趟地拉烟土……没有一个叫苦怕脏的,都干得非常认真仔细。人群中还不时地传来说笑声。不一会儿的功夫,我的汗就下来了,加上满脸的尘土,手一擦都感觉有些扎手,皮鞋也沾了泥。也就是一愣神的功夫,科内同去的同志可能感觉到点什么,拽了我一下,和我小声说,工厂就这样,不能怕脏,干部光说不练,工人不服你!我的脸红了,赶紧用手擦脸掩饰了一下,小声对他说:对,对。弯腰紧干起来。说来也怪,这心情一变，头脑也放松了，手脚也灵便了，也不觉得呛了，继续和大家一起热火朝天地干着。就这样随着时间的推移，一片片的区域干净了起来，快到中午时终于搞完了。经过验收，圆满结束了这次义务劳动。当我洗完澡后，感到了一种从来没有过的身心愉悦。

　　从那以后我又多次地参加了厂里组织的各种各样的义务劳动，就是后来当了厂级领导也乐此不疲。因为实践使我深深地认识到：干部参加义务劳动，不仅仅是做为劳动力出现，更重要的是通过义务劳动增强责任意识，公仆意识，更好地、全面地了解服务和管理的对象，增进对工人、对企业的感情。更是勤俭节约、艰苦创业的一种精神！

　　我至今还深深地怀念在北京卷烟厂的日子，想念着那时的义务劳动……

# 心声

2012 年 6 月 1 日

2012 年 5 月 29 至 31 日在南戴河参加了北京市烟草专卖局（公司）离退休工作座谈会。在会上听取了梁副局长做的工作报告，聆听了国家局领导、市局（公司）周局长的重要讲话。很受教育，很受感动。加之今年又逢中国烟草成立三十周年，双喜临门，兴奋之余，成诗一首，以表心声。

今天，
我们相聚在一起的啊，
是这样一群鹤发童颜。
笑容荡漾在脸上，
幸福涨满了双眼，
我们身心愉悦，笑语言欢。
追忆过去，珍惜现在，
知足常乐，憧憬明天。

我们这一代烟草人啊！
永远心存感激，
紧跟时代的步伐登高望远。
昨天，
我们相聚在一起的啊，
是这样一群青春少年。
奋斗在烟草的各条战线，
默默辛劳做着无私奉献。
无论工作多么艰难，
千方百计永往直前；
无论日子多么清苦，
淡然处之苦中有甜。
因为大家都有一个共同的信念啊，
为了国家的利益，
为了消费者的意愿。
不断地改革发展，
冲破阻力持续向前！
中国烟草三十年啊，
岁月如歌，星移斗转；
这是一部创业史啊，
感慨良多，万语千言；
历经坎坷多艰难，

千回百转过险滩，
勇攀高峰不停步啊，
科学发展胜先贤。
在建设社会主义的征途上，
中国烟草人，
为共和国的崛起聚沙成塔、添瓦加砖！
我们虽是一棵无名的小草，
但就是这点点绿色，
绣出祖国灿烂的笑脸！
不能忘啊，不能忘！
忘记过去就是对历史的背叛！

明天，
我们还将相聚在一起啊，
为中国烟草摇旗呐喊：
努力前行啊，
中国烟草人！
高举"两个至上"的大旗，
遵循"三个始终"这一工作的出发点，
把增强"五种意识"，
当成提升工作质量的软件。
永远砥励前行，不疲不倦！

朋友啊！看——
前程似锦，朝霞满天，
人比天高，风光无限。
让我们手挽手肩并肩啊，
用智慧和汗水把祖国装扮得更加娇艳！

# 金叶放歌

## ——献给中国烟草成立三十周年

2012 年 7 月

莽莽昆仑,滚滚黄河,
熠熠金叶,巍巍中国。
听,歌声如潮,
看,红旗飘飘。
1982—2012,
中国烟草曾经这样走过……

三十年啊,
三十年在历史的长河中只是一瞬,
但在六十万烟草儿女心中,
却是那样的刻骨铭心。
三十年啊,
三十年从无到有、从小到大,
一步一个脚印,
一个脚印一片鲜花。

三十年啊,
三十年改革发展路,
一步一个台阶,
一个台阶一个新高度!
三十年啊,
伴随着祖国改革开放的脚步,
中国烟草迎来了天翻地覆!

看吧!看吧!
太阳底下最大的烟草公司
和最简陋的办公设备,
在这里创造出,
艰苦奋斗、白手起家的神话;
看吧!看吧!
为了两个"万户千家",
中国烟草忠实执行——
《烟草专卖法》。
国家局姜成康局长强调指出:
烟草实行专卖其目的,
就是维护国家利益和消费者利益,
除此以外没有行业自身利益的想法。
三十年啊,

为了国家利益和消费者利益，
"多剑和璧"、打私打假，
不断彰显行政执法与刑事司法；
为了国家利益和消费者利益，
深化改革、科学发展，
卷烟上水平税利保增长；
为了国家利益和消费者利益，
严格规范、富有效率，
使中国烟草充满活力！
三十年啊，
三十年我们努力拼搏，
马不卸鞍、人不解甲，
才使金叶闪光，
中国烟草发生了沧海桑田地变化！
听：机器轰鸣奏乐章，
欢欢喜喜，
在黄河上下唱最新最美的音符，
看：百里烟田似朝霞，
洋洋洒洒，
在大江南北做最新最美的图画！
我们把青春献给祖国，
中华大地无处不飞花！

祖国啊,
我们美丽的家!
党啊,
我们亲爱的妈妈!
我们要永远紧跟您,
万般呵护我们的家。
众手捧出东方红日,
金叶辉煌满天彩霞!
众志成城精心打造,
社会主义高楼大厦!

渺渺太空,深深海洋,
茫茫林海,涛涛长江。
听:马蹄哒哒,
看:车轮滚滚……
我们承载着骄傲与光荣,
催开新时代的骏马,
就从这里,
就从现在,
向新的目标进发!

# 赞大运河森林公园

2012 年 10 月 16 日

秋日的一天我来到通州大运河森林公园,被这里的自然风光与人文景观所感动。以诗记之。

满眼秋色,烂漫花朵,
碧水扬波,微风轻拂。
大运河森林公园,
如此的撩人心魄!

一水两岸,粮仓古院,
漕运码头,旧景重现。
运河文化源远流长,
见证着云起云落!

一核五区,① 通州魅力,

---

① 2012 年,通州新城"一核五区"的规划出炉。"一核五区"是未来通州现代化国际新城的主框架。为通州区十二五规划中的目标。即:以运河核心区为龙头,以文化创意产业集聚区、文化旅游区、环渤海高端总部基地集聚区、国际医疗服务区、国际组织集聚区为支撑,立足高端和国际化,构建现代化国际新城的整体布局。

经济建设，慧眼独具。
和谐社会人与物，
好一个珠联璧合！

# 夜读党的十八大报告有感

2012 年 11 月

夜读党的十八大报告,感触颇深。报告中蕴含新意很多。报告中首次将科学发展观确立为党的必须长期坚持的指导思想;对中国特色社会主义作了新的阐述;全面小康社会从"建设"到"建成";首次提出"城乡居民人均收入"十年翻番;强调发展成果"更公平"惠及人民;对党的建设主线作了新概括。心情激动,吟诗一首以记之。

华章夜读仔细研,
理论创新蕴新点。
建成小康惠民生,
五位一体目光远。
公平公正人为本,
反腐倡廉谱新篇。
科学发展搏风浪,
继往开来勇向前。

## 寄语外孙女史画上小学之初

2013 年 9 月

长征万里从头迈,
恶水穷山扑眼来。
风霜雨雪寻常事,
砥砺前行正少年。
勤学文雅争上游,
活泼奋进弄潮头。①
从小立下报国志,
史成画就情更稠。

---

① 勤学文雅、活泼奋进为史家小学校训。

# 喜中共十八届三中全会公报发表

2013 年 11 月 18 日

万众欢腾又一春,
革命征程启巨轮。
承前启后遂民意,
复兴强国总成真。

# 我们这一群人

2014 年 2 月 18 日

2014 年 2 月 16 日（马年正月十六）。我们在内蒙古插队的十几个知青在一起聚会。女生喝着奶茶，吃着奶豆腐；男生喝着酒，就着肉。无拘无束地聊着，聊着四十多年前的往事，各个豪气冲天。一个男知青唱起了蒙古长调，女知青们跳起了安代舞。大家沉浸在往事回忆的欢乐之中。感而记之。

悠扬的蒙古长调，
一波波地冲击我的心房，
婀娜的蒙古安代，
一圈圈地推动年轮的时光。
我们这一群人，
仿佛又回到四十多年前，
锡林郭勒大草原——
我们的第二故乡！

蓝天白云下，
有我们跃马扬鞭的身影；
锡林河水畔，
倒映着牧羊姑娘的脸庞。
牛奶的芬芳随着歌声飘荡，
草原的绿色笼罩着四面八方。
夜晚倾听此起彼伏的虫鸣畜叫，
抬头仰望无边无际的闪闪星光。
啊！天是那么蓝、那么近，
我们仿佛就在银河中倘佯。
啊！草是那么绿、那么香，
我们仿佛就在花丛中翱翔。
看朝阳在晨风中升腾，
望落日在沙尘中辉煌。
锡林郭勒大草原，
这就是我们的第二故乡！

如今我们都已到耳顺之年，
两鬓飞霜。
但想起往事，
唱起蒙古长调，
双眼还发出青春的火光，

因为那是我们放飞梦想的地方!
就是这样——
我们这一群人,
在那里,
践行着人生与理想,
与共和国同生共长!

## 游北海

2014 年 3 月 30 日

三月和风戏柳梢，
琼岛春阴人如潮。①
快雪堂外杏花闹，
五龙亭里听管箫。②
一池三山神仙地，③
太液秋风品质高。
皇家御苑今胜昔，
诗人游客乐逍遥。

---

① 琼岛春阴、太液秋风为燕京八景之两景。

② 快雪堂、五龙亭均为北海著名景点。期间五龙亭内正有不少群众在拉琴唱歌。

③ 一池三山为北海总体规划理念。琼岛象征"蓬莱"，团城象征"瀛洲"，中南海里的犀山台象征"方丈"，北海的水面是"太液池"。充分体现了自然山水和人文园林的艺术融合。

# 游京北怀柔神堂峪

2014 年 4 月 6 日

　　神堂峪位于城北范各庄内神堂峪村北,距北京 60 公里,东邻雁栖湖南靠红螺寺,西与慕田峪长城遥遥相望。该景区两峡一沟地势,长为 10 公里。

　　　　满目青山神堂峪,
　　　　长城逶迤水带绿。
　　　　清明时节春乍起,
　　　　桃红杏白总相宜。

## 游上海外滩

2014 年 4 月 10 日

浦江两岸染春辉，
巨轮小艇竞相追。
中外游人忙留影，
笑语欢歌震耳垂。

# 游武汉东湖

2014 年 4 月 11 日

烟雨迷蒙东湖秀,①
樱花时节访故友。
湖光山色熏人眼,
一江三镇冠神州。

---

① 武汉东湖生态旅游风景区,位于湖北省武汉市中心城区。是以大型自然湖泊为核心,湖光山色为特色。因位于武汉市武昌东郊,故此得名。水域面积 33 平方公里,是杭州西湖的六倍。

# 三峡纪游（五首）

2014 年 4 月 18 日

  2014 年 4 月 13 日与朋友数人共游长江三峡坛子岭、185 平台、大坝迎水面、西陵峡、高峡平湖观景区。一日之内既观赏了人定胜天的三峡工程；又饱览了鬼斧神工的自然奇景。兴奋之余吟诗以记之。

## （一）

大坝高耸入云端，
万里长江只身拦。
调洪蓄水忙发电，
造福民生万万年。

## （二）

金色长江波浪翻，
银色大坝筑其间。
绿色能源勤发电，
三峡亘古第一篇。

## （三）

西峡壁立披绿衣，

烟雨长江水迷离。

游轮小舟竞相渡，

两岸猿声唱新曲。

## （四）

从天而降大令牌，

玉皇褒奖禹王才。

万里长江脚下过，

不尽忧思滚滚来。

## （五）

万里长江第一湾，

恰似明月缀天边。

青山绿水常相伴，

灯影石佛传万年。①

---

① 坛子岭、大令牌、石佛灯影均为著名景点。

## 游北京郁金香文化节

**2014 年 4 月 29 日**

郁金花艳四月天,
五彩缤纷香满园。
幻花湖映①风车转,②
草长莺飞又一年。

---

① 幻花湖为园内一景。公园采用了现代造雾技术,营造出了仙境般的氛围。
② 两座风车为园内遵循荷兰风格打造的独特景观。

# 享天伦之乐（二首）

2014 年 5 月

五一假期两个女儿张罗着我们老俩口看"暗黑诱惑"之旅太阳马戏团的柔术演出；又举家出动陪我们到奥林匹克森林公园游玩。让我们尽享天伦之乐。成诗二首以记之。

## （一）

柔若无骨筋相连，
上下翻飞似天仙。
一览群雄健与美，
方知行行出状元。

## （二）

春风携柳拂水面，
顽童戏耍仰山边。
天伦之乐当此时，
孝行乐善爱融甜。

## 看电影《归来》有感

2014 年 5 月 16 日

钢琴一曲诉离伤,
地狱人间两苍茫。
情义忠贞毋相忘,
归去来兮舞霓裳。①

---

① 《归来》是 2014 年张艺谋导演拍摄的文艺电影,改编自严歌苓小说《陆犯焉识》的尾点,该片主要讲述了知识分子陆焉识与妻子冯婉瑜在大时代际遇下的情感变迁故事。由邹静之编剧,陈道明、巩俐、张慧雯等主演。

# 游京郊密云古北水镇[①]（二首）

2014 年 6 月

## （一）

似曾相识旧时村，
一水贯城拱桥邻。
粉墙绿瓦红木窗，
尘埃荡尽返璞真。

## （二）

满墙绿叶小巷深，
小桥流水映塔身。
长城逶迤似龙腾，
福佑百姓梦成真。

---

① 古北水镇位于北京市密云区古北口镇，背靠中国最美、最险的司马台长城，坐拥鸳鸯湖水库，是京郊罕见的山水城区的旅游渡假景区。

# 草原行（十首）

2014 年 7 月

七月初，四十多年前的内蒙古"插友"十余人，分乘五辆汽车游览呼伦贝尔大草原十天。期间看草原、戏湖水、祭敖包、观国门、赏古桥、入山林……饱览祖国的锦绣河山。感触良多，以诗记之。

## （一）

山峦起伏草满坡，
雅鲁河水泛绿波。
钢铁巨龙伴云来，
原生现代舞婆娑。

## （二）

古桥百年鉴风云，
钢筋铁骨脚扎根。
民族正气留青史，
挥斥敌酋显忠魂。

## (三)

天蓝地绿达赉湖,
碧水连天彩云浮。
草原深处现美景,
赏心悦目第一处。

## (四)

威武国门耸边城,
铁路连接中俄蒙。
睦邻友好促发展,
人民欢唱享太平。

## (五)

草原情深碧草青,
万里夜空缀繁星。
男欢女爱真浪漫,
千古绝唱敖包情。

## (六)

地绿天蓝彩云间,
省际通道平且宽。

路旁牛欢羊儿跑,
蒙古长调唱悠闲。

### (七)

奇幻莫测祥云现,
遮天蔽日舞蹁跹。
呼雷唤闪降雨露,
滋润草原与群山。

### (八)

万千松桦入云端,
雾气生腾笼其间。
天池湖水微波起
六十老叟欲成仙。

### (九)

步步登高步步高,
虫鸣鸟唱伴松涛。
天蓝草绿霞光照,
心旷神怡乐陶陶。

## （十）

地裂天崩岩浆涌，
摧枯拉朽舞东风。
沧海桑田乾坤转，
多少英雄笑阴晴。

# 新加坡印象（五首）

2014 年 7 月

北京七月，学校暑假。携夫人、女儿及孙女到新加坡探亲。碧蓝的天空，洁净的大海，整齐的街道，成排的雨树，新颖的楼房，无不给我留下美好的印象。恰逢开斋节放假，人们逛街访友、喜笑颜开，一片祥和景象。成诗几首以记之。

## （一）

纵览云飞摩天轮，
鸟瞰狮城景物新。
五十年间天翻覆，
亚洲小鱼跃龙门。

## （二）

三位一体金沙楼，
巧夺天工真风流。

蓝天碧水相映衬,
熠熠生辉俏全球。

（三）

鱼尾狮旁伴金沙,
空中花园秀奇葩。
俯视大海仰摸星,
科技创新惠万家。

（四）

百鸟争鸣舞蹁跹,
绿水环绕花正鲜。
人与自然和为贵,
互为因果享安年。

（五）

喷泉七彩舞婆娑,
双子塔前共欢歌。
碧空如洗繁星闪,
流光溢彩庆谐和。

# 游内蒙古响沙湾①

### 2014 年 8 月 14 日

金色满眼响沙湾,
涓涓溪流似带挽。
蓝天为幕映沙画,
半黄半蓝八月天。

---

① 响沙湾地区处中国著名的库布其沙漠的最东端,是中国境内距离内地及北京最近的沙漠旅游胜地。

# 再游草原

### 2014 年 8 月 26 日

　　一月之内三游草原，草原情结可谓深矣。二十年的青春岁月在这里流淌。留下了多少回忆……

　　二十年青春韶华，
　　一半阳光一半花。
　　多少风雨伴彩虹，
　　几番磨砺传佳话。
　　丰衣足食辛劳手，
　　天道酬勤大步跨。
　　感念往事表心迹，
　　如今再来重潇洒。

# 应友之约赴蟹岛啤酒节有感

2014 年 8 月 27 日

　　二十七日应友之约七八个人相会于蟹岛啤酒节。华灯初放,微风徐来,喝酒品茗,聊天吟唱。沉浸在友情之中。

　　酒香茶浓情意厚,
　　初秋时节会老友。
　　换盏推杯歌声伴,
　　惬意悠然唱白头。

# 参加"歌唱祖国,再展夕阳红"卡拉 OK 比赛有感

2014 年 9 月

9月26日北京烟草系统离退办、自管委举办首届卡拉OK比赛庆祝国庆65周年。老同志个个精神矍铄,引吭高歌,抒发对祖国的无限热爱。有感记之。

百鸟争鸣唱秋实,
姹紫嫣红庆盛世。
莫叹夕阳天近晚,
霞光万道正当时。

# 秋游房山十渡（三首）

## 2014年9月

十渡，从千河口到十渡村，沿途在拒马河上要过桥渡水十次，"十渡"因此得名。应邀呼朋数人驾车来此一游。

### （一）

层峦叠翠连天涯，
拒马河水绕山下。
天成太极福千载，
十渡美景任由夸。

### （二）

鬼斧神工大自然，
悄然开启一线天。
古藤新绿惹人眼，
疑似天梯欲脱凡。

## (三)

天高风清霜色浓,
呼朋唤友凌绝顶。
山似波涛云如海,
景色天成入眼明。

# 看地坛第二届银杏节

## 2014 年 10 月

地坛公园内 200 余株银杏树栽植于 20 世纪 50 年代末,每到深秋,满地金黄。与妻携手共赏之。

满目金黄叶满阶,
花开花落一世界。
沐雨经霜随风逝,
化作秋泥品高洁。

# 秋游陶然亭[1]公园

2014 年 10 月 16 日

半塘秋水半塘芦，
残叶荻花看黄栌。
亭榭争奇百样景，
陶然风物胜西湖。

---

① 陶然亭是现代名亭，现为中国四大历史名亭之一。陶然亭公园以及陶然亭地区名称就是以此亭而得名的。陶然亭公园是新中国成立后，北京市政府最早兴建的一座现代园林，名闻遐迩的陶然亭、慈悲庵等建筑就座落在这里。

# 乘邮轮杂感（五首）

2014 年 10 月

恰逢国庆 65 周年与家人乘皇家加勒比"海洋水手号"邮轮赴韩国旅游。平生第一次坐如此之大的轮船（13.5 万吨）。观日出、看大海、逛济州、拜神龙、游釜山、享美食。兴趣盎然，成诗几首以记之。

## （一）

碧波万顷映霞光，
巨轮驰骋犁波浪。
海天一色空无际，
却道人间福寿长。

## （二）

邮轮高耸入云端，
恰似活动游乐园。
摩肩接踵人欢笑，
喜迎佳节乐翻天。

## （三）

碧海狂涛神龙现，
镇浪平波保平安。
古今中外同一理，
福佑黎民享安年。

## （四）

海面无垠霞光罩，
千红万紫映波涛。
风起云涌百般样，
凭栏远眺心更高。

## （五）

塔吊林立守江边，
万国轮船泊口岸。
互通有无重双赢，
改革开放史无前。

# 参观厦门大学[①]

2014年11月9日

林木葱郁芙蓉湖,
莘莘学子苦读书。
学海无涯止于善,
蓄才储志绘宏图。

---

① 厦门大学,简称厦大,是中华人民共和国教育部直属的全国重点大学。学校由著名爱国华侨领袖陈嘉庚先生于1921年创办,是中国近代教育史上第一所华侨创办的大学,是国内最早招收研究生的大学之一,被誉为"南方之强"。大学校园没有车水马龙的喧嚣,只有阳光透过树叶点点斑斑洒在小路上的安静,到处飘荡着花草的迷人香味,让人神往。

# 厦门①夕照

2014年11月10日

红霞万道泻海面，
粼粼波光藏变幻。
小艇巨舰似剪影，
氤氲升腾舟唱晚。

---

① 厦门市，别称鹭岛，简称鹭，副省级城市，国家社会与经济发展计划单列城市、经济特区，东南沿海重要的中心城市、港口及风景旅游城市。
　　厦门由本岛厦门岛，离岛鼓浪屿、西岸海沧半岛、北岸集美半岛、东岸翔安半岛、大小嶝岛、内陆同安、九龙江等组成。美国前总统尼克松曾赞美厦门为"东方夏威夷"。

## 参观哈尔滨冰雕

2014 年 12 月

年底与友数人同游哈尔滨。期间观看了冰雕展。看着一个个栩栩如生的冰雕作品，令人叹为观止。小诗一首以记之。

晶莹剔透蕴魂灵，
千姿百态放光明。
栩栩如生真物件，
冰雕技艺天下名。

## 参观哈尔滨雪雕

2014 年 12 月

　　年底与友数人同游哈尔滨第 27 届太阳岛国际雪雕艺术博览会。看到来自世界各地的艺术家作品,真是美不胜收。感慨之余,以诗记之。

　　　　　　八方才俊夺天工,
　　　　　　白雪为材绘西东。
　　　　　　不是滨城天时利,
　　　　　　哪有珍品入眼中。

# 漠河行五首

2014 年 12 月 26 日

2014 年 12 月 20 日与友数人相约登车北上，冬游漠河，戏说：找北去了。到达第二天即为冬至。气温最高 –24 度，最低 –45 度。好在御寒衣服准备齐全，感觉良好。北极村是我国地理位置最北的边陲村庄，最北点纬度为 53°33′30″，与俄罗斯阿穆尔州的伊格纳什诺村隔江相望，黑龙江为两国界江。几天中游玩了北红村、北极村、漠河等诸多著名景点。领略了千里冰封，万里雪飘的美景。欣赏之余成诗几首以记之。

## （一）

雪海茫茫桦林梢，
重岩叠障戴素帽。
黄屋木栅炊烟起，
狗吠鸡刨人欢笑。

### （二）

雪原林海接苍穹，
腾龙阁上赏冬景。
千里访寻最北地，
壮美山河入我胸。

### （三）

一层白雪一层霜，
檐挂冰溜映朝阳。
袅袅炊烟闻犬吠，
薄雾升腾看雪墙。

### （四）

岛似银盘江如钩，
日月江山好名头。
白桦松柏满山岗，
登临绝顶情更稠。

### （五）

擎天巨石屹北疆，
冰封雪盖黑龙江。
华夏极地最北点，
原始风貌叹辉煌。

# 参观天坛双环万寿亭

2015 年 1 月

双环万寿亭是由一对重檐圆亭套合而成,结构奇特严谨,造型端庄匀称,屋面覆盖孔雀蓝琉璃瓦,色彩明快,为国内古建筑仅存一例。据传清乾隆六年(公元 1741)乾隆皇帝弘历为其母祝贺五十大寿所建。平面形状寓意一对寿桃,亭前台阶形状似两个桃尖,取意"和合、吉祥、长寿"之意。

精巧双亭冠九州,
规制蕴意数一流。
古今中外孝为先,
千秋大业和当头。

## 赞后海银锭桥

2015 年 2 月

北京什刹前海与后海连接处有一座形似银元锭宝的石桥,南北横跨在连接两海的咽脖处,长 12 米,宽 7 米,高 18 米,跨经 5 米,有镂空云花板 5 板,翠瓶卷花望柱 6 根,因桥形似元宝,取名"银锭桥"。银锭桥,始建于明代,已有 500 多年的历史。"银锭观山"是燕京小八景之一,享有很高的知名度。

依街傍海小石桥,
玲珑剔透景色娇。
春雨秋风花开落,
银锭观山乐逍遥。

# 春游圆明园①

2015年3月

万园之园圆明园,
疮痍满目耻辱篇。
抚今追昔凤涅槃,
地覆天翻看桑田。

---

① 圆明园是清代一座大型皇家宫苑,坐落在北京西郊,与颐和园毗邻,由圆明园、长春园和漪春园组成,所以又叫圆明三园。

圆明园始建于1709年在清帝150余年的创建和经营下,曾以其宏大的地域规模、杰出的营造技艺、精美的建筑景群、丰富的文化收藏和博大精深的民族文化内涵而享誉于世,被誉为"一切造园艺术的典范",被法国作家维克多雨果称誉为"理想与艺术的典范"。

1860年英法联军洗劫圆明园,大量珍贵文物被劫掠。1900年八国联军侵占北京后,再遭劫难。随后,又遭官僚、军阀、土匪的破坏,终变成废墟。新中国成立后,十分重视圆明园遗址的保护,先后将其列为公园用地和重点文物保护单位,1976年成立圆明园管理处,1983年国务院明确把圆明园规划为遗址公园,拨出专款进行修复,于1988年6月正式向社会售票开放。

# 和厚彬兄二首

2015 年 3 月

董厚彬乃我知青密友,比我年长两岁。前日微信发来其游龙潭湖公园的照片及两首诗,赏玩之余和之。

## (一)

细雨霏霏逛龙潭,
早有春意闹林间。
近水笑听鹅鸭叫,
一片生机三月天。

## (二)

烟雾迷蒙罩龙潭,
波光粼粼湖水蓝。
游人争看桃花艳,
哪有闲情戏水玩。

**附董厚彬原诗：**

## （一）

春来水暖鸭先知，
好雨发生正当时。
园内玉兰桃花绽，
唯有梨花开放迟。

## （二）

春雨润物细绵绵，
龙潭湖内少游船。
闲来艄公把船洗，
晒的龙舟泊岸边。

# 景山①探春

2015年3月

和风三月拂人面,
金瓦红墙绿满山。
百卉千花争明艳,
万岁山前看春天。

---

① 景山公园位于北京市西城区景山前街,坐落在明清北京城的中轴线上,西临北海,南与故宫神武门隔街相望,是明、清两代的御苑。公园中心的景山,曾是全城的制高点。景山明朝时又称万岁山。

# 春游江西（五首）

2015年4月

　　清明小长假我与老伴携女儿及外孙女游江西。其间游览了婺源这个中国最美乡村及石钟山、鄱阳湖等景点。由于时间太短，又逢梅雨季节，只能走马观花。就这样也切身感受到了江西的自然美景，文化渊源。成诗五首以记之。

## （一）

粉墙黛瓦马头檐，
背靠青山水流前。
悠然采茶南山下，
幸福安康万万年。

## （二）

云飘雾罩绿满山，
黄花碧水绕村前。
地杰人灵才俊出，
方知耕读大于天。

## (三)

晓起神樟千古情,
沁人心脾香气浓。
欲知人间长寿事,
还需躬耕在石钟。

## (四)

细雨绵绵游李坑,
小桥流水雾蒙蒙。
两岸灯红映粉黛,
一叶扁舟漂水中。

## (五)

鄱阳湖畔耸石钟①,
古塔玲珑欲乘风。
苏子遗篇②传千古,
须知此事要亲躬。

---

① 晓起村、李坑村、石钟山、鄱阳湖均为江西游览名胜。
② 苏子遗篇：苏东坡夜游石钟山一探,方知此山称为石钟山不假。故写下名篇《石钟山记》。印证耳听为虚,眼见为实也。

# 观赏好友立祥画作有感

2015 年 4 月

  知青好友李立祥现已是小有名气的画家。其作品以雍和宫和草原题材为主,兼画古代人物、山水等。美术作品被多家专业报刊刊载及介绍。近日观其画作有感而发。

    闲来无事赏丹青,
    笔走龙蛇技艺精。
    心存良善春风起,
    桃红柳绿马飞腾。

# 参加行业"双先"会有感

2015年4月

4月13日—15日我作为全国烟草行业离退休干部先进个人在平谷参加了"双先"表彰大会暨离退休干部工作会。在会议上听领导报告,学习先进经验,受到了深刻的教育与启发。

四月的春风,

轻拂脸颊。

喜悦的心情,

袅袅升腾。

行业的"双先"模范啊,

齐聚首都——

平谷这桃花盛开的山中。

他们中有:

志坚心红的老领导;

一心为公的女英雄;

为民服务的志愿者;

团结群众的不老松。
他们以自身的模范行动,
引领着退休队伍永远向前行。
他们发挥正能量,
传播好作风。
在家教育子女永远跟党走,
在外团结同志发扬好传统。
啊!
老干部是行业的基础,
啊!
老干部是行业的精英。
我们要人退心不退,
对党永远要忠诚。
志在千里需奋进,
共筑中国梦!

## 春游陶然亭

2015 年 4 月

四月风清海棠开,
万紫千红映楼台。
小艇拨开满塘水,
笑语欢歌伴客来。

# 重游大运河森林公园[①]

2015 年 4 月

桃红柳绿满园春，
运河文化渊源深。
岁月如歌唱南北，
人定胜天扭乾坤。

---

① 大运河森林公园位于北京通州北运河两侧，占地面积 10700 亩，公园沿水系长达 8 公里，分别建有潞河桃柳、月岛闻莺、明镜移舟等六大景区和长虹花雨、半山人家、皇木古渡等十八个景点。

# 参观成都杜甫草堂①

2015 年 4 月

松涛低唱伴春风，
海棠翠竹绕花厅。
心怀天下忧民苦，
一代诗圣人称颂。

---

① 杜甫草堂坐落在成都市西门外的浣花溪畔，是中国唐代大诗人杜甫流寓成都时的故居。杜甫先后在此居住近四年，创作诗歌 240 余首。唐末诗人韦庄寻得草堂遗址，重修茅屋，使之将以保存，宋元明清历代都有修葺扩建。

# 重庆游（四首）

## 2015 年 4 月

2015 年 4 月携友数人共游重庆。期间观江、逛街、寻古、访圣。念天地之悠悠，感时光之短暂。正谓：逝者如斯夫。

### （一）

流光溢彩满江红，
两江交汇沐春风。
今日喜作临江颂，
明朝共筑中华梦。

### （二）

古韵新景天翻覆，
地杰人灵在天府。
又是扬帆出海时，
指看春风晓红处。

## （三）

一缆过长江，
地阔天且亮。
天堑变通途，
拈水写文章。

## （四）

宽街窄巷秀旧情，
竹掩古居绿迎风。
摩肩接踵人鼎沸，
酒旗摇曳彩灯明。

# 北海①观荷

2015 年 6 月

水动云飞映佛塔，
风吹荷叶细听蛙。
游人争相照美景，
欢歌笑语戏小鸭。

---

① 北海公园位于北京市中心区，城内景山西侧，在故宫的西北一面，与中海、南海合称三海，属中国古代皇家园林。全园以北海为中心面积约71公顷，水面占583亩，陆地占480亩，这里原是辽、金、元建离宫、明、清辟为帝王御苑，是中国现存最古老、最完整、最具综合性和代表性的皇家园林之一。

# 敬悼母亲

2015 年 6 月

2015 年 5 月 31 日凌晨 12 时 20 分老母因病医治无效仙逝于北京隆福医院。享年 91 岁。

午夜凶铃①添悲怆，
慈母西去雷音②旁。
平生做事勤与善，
教子为人诚且良。
唯愿儿孙忠国是，
不图酬禄品自昌。
最感热心助邻里，
敬悼老母敛哀伤。

---

① 午夜凶铃指电话铃声。
② 雷音喻指西天极乐世界。

# 凭吊景山明思宗殉国处

2015年6月

崇祯十七年（1644年），李自成率领农民起义军攻入北京，崇祯皇帝见大势已去，来到煤山（今景山）写下遗诏，自缢在此处的槐树上。

一朝天子殒煤山，
乐极生悲命使然。
勤于国事多检点，
善待黎民享天年。

# 团聚

2015 年 6 月

2015 年 6 月 9 日景山学校九二班全体同学十几年后再次在景山公园相聚（因各种原因有的同学自六九年一别至今已有46年未见面）。期间大家热烈拥抱、握手，互致问候，倾诉衷肠。其情令人感动。

少小离别奔东西，
同窗情谊藏心底。
战天斗地英雄汉，
相夫教子孝顺女。
四十余年风雨骤，
指点人生情更稠。
待到中华圆梦时，
笑语欢歌再聚首。

# 致爱妻

**2015 年 6 月 27 日**

今天是我与她结婚四十周年的日子。四十年风雨同行，同甘共苦。回首往事，百感交集。夜不能寐，以诗记之。

说心里话，
你的脸庞长得并不十分美丽；
说心里话，
你的个头还真是很低；
说心里话，
你的智商也不是那么出众；
说心里话，
你的言语中有时还流露出一丝"俗气"；
然而你就是你，
你是我心灵的港湾，
我愿永远在你这里栖息。

人生之旅，
道路崎岖，

苦乐交织，
牵手相依。
四十年，我们相互为伴；
四十年，我们相互鼓励；
四十年，为了生活无怨无悔没有叹息；
四十年，为了梦想努力拼搏只争朝夕；
啊！
人生能有几个四十年？
我无比地珍惜！！

初夏的子夜，
小区悄无声息，
我仰望满天的星斗，
在心里向你喃喃絮语，
啊，我爱你！我的妻！
百年之后我也将和你依偎在浩渺的银河里。
啊，我愿意！我的妻！

# 游盘山（二首）

2015 年 7 月

盘山始记于汉，兴盛于清，是自然山水与名胜古迹并著，佛教文化与皇家文化相融的旅游胜地。早在唐代就以"东五台山"著称，清康熙年间以"京东第一山"驰名中外。清乾隆皇帝曾 32 次游历盘山，为盘山留下诗文 1702 篇，并发出了"早知有盘山，何必下江南"的感叹。

## （一）

盛暑寻凉上盘山，
清风秀色蕴其间。
幽林碧水入胜地，
古洞奇石览圣贤。
三盘暮雨天上景，
京东第一不虚传。
云松挂月登极顶，
方知不必下江南。

## (二)

峰峦烟障起,
叠翠绿满山。
绝顶转阶至,
心生彩云间。

## 参观蓟县独乐寺

2015 年 7 月

独乐寺始建于隋,辽统和二年(公元 984 年)重建。其主体建筑山门、观音阁是我国古代木结构建筑的代表作。"观音阁"三字经考证为大诗人李白所题。1961 年被国务院公布为第一批全国重点文物保护单位。历经 22 次大小地震和"文化大革命"而保存至今。

独乐古寺立千年,
通体木制榫相连。
历经天灾与人祸,
观音法相更庄严。

# 瞻仰狼牙山五勇士烈士陵园（二首）

2015 年 7 月

　　狼牙山风景区位于保定境内易县西南 45 公里处太行山东麓，距保定市 50 公里。因奇峰林立，峥嵘险峻，状若狼牙而得名。以八路军五勇士为掩护主力及人民群众安全转移而将日寇引向绝路，弹尽路绝时舍身跳崖的壮举而闻名于世。

## （一）

山形陡峭似狼牙，
苍松翠柏缀山崖。
抗日英雄五勇士，
血溅易水壮中华。

## （二）

细雨绵绵登太行，
壮士之歌响四方。
民族脊梁顶天地，
誓灭一切害人狼。

# 游土耳其（六首）

2015年8月

2015年8月19日至8月28日与爱妻、大女儿及大孙女一起畅游土耳其。几天来沉浸在异国风情、天伦之乐中，心情愉悦。所闻所见以诗记之。

## （一）

精灵烟囱①比肩立，
鸟瞰苍茫群山屹。
五彩缤纷气球起，
风物景致堪新奇。

## （二）

剧场②巍峨景物添，
穿越时空两千年。

---

① 精灵烟囱是世界上唯一的卡帕多奇亚地貌风光。只有乘坐热气球才能欣赏到这一奇景。
② 这里剧场指举世闻名的以弗所遗址中可容纳二万五千人的露天剧场。

视听功能今犹在，
叹服先贤智无边。

## （三）

海天一色帆影动，
风吹浪卷目极空。
地中海秀收眼底，
更喜瀑布现彩虹。

## （四）

棉花古堡①异国情，
鬼斧神工显奇景。
断壁残垣忆盛况，
几多风雨事随风。

## （五）

依山傍海古城垣，
遥想当年景空前。
历经三难断舍离，
识时务者为俊贤。

---

① 著名的棉花堡位于帕姆卡莱。此处的地下温泉水不断地从地底涌出，含有丰富矿物质如石灰等，经过长年累月，石灰质聚结而形成棉花状之岩石，层层叠叠，构成自然壮观的岩石群和水池。

## （六）

一座大堂①越千年，
历经沧桑承苦难。
教本教人行善事，
怎知本是欺人谈。
战火弥漫金鼓响，
一将功成千尸碾。
世界欲享和平是，
铸铁为犁唱安年。

---

① 这里大堂指与伦敦圣保罗、梵蒂冈的圣彼得齐名的圣索非亚大教堂。

## 相聚哈尔滨

2016 年 1 月 8 日

2016 年初与众友一起到东北雪乡游玩。途中在哈尔滨拜会朋友，把酒言欢有感而发。

老友新朋聚冰城，①
推杯换盏诉衷情。
又是一年冬雪季，
多少故事笑西风。

---

① 哈尔滨简称冰城。

# 赠好友

2016 年 1 月

2016 年春节前上海朋友金总即将从印刷行业退休。酒后执手相送作之。

叱咤风云数十年,
方寸之间印斑斓。
满腹经纶藏锦绣,
浮云过后庆新颜。

## 梦回草原

2016年2月

闻内蒙锡盟大雪，牧民及牲畜受损，焦急之，梦中思念。

梦里几回回草原，
双手搂定敖包山。
经幡飞舞呼麦起，①
草肥水美露蓝天。

---

① 呼麦蒙古语意为咽喉，又称喉音唱法，是蒙古山林狩猎文化时期的产物。2009年10月列为世界非物质文化遗产。

# 重逢

### 2016年2月3日

　　小年之日应邀赴老友延庆家中小聚。久未见面,格外亲热,畅叙友情,笑语欢歌。

　　　　故地重游逢小年,
　　　　老友相聚把酒酣。
　　　　河开雁至春好处,
　　　　花团锦簇指日瞻。

# 春游大运河森林公园

2016 年 3 月

又是一年春三月,再游通州大运河森林公园。

韶华三月叠翠柳,
绿茵袅袅杏花香。
莺啼雀舞皇城外,
长河两岸柳成行。
龙舟竞渡通州景,
张湾漕运史流芳。
又是一年春好处,
风流无限在东方。

# 春游卧佛寺[①]

2016 年 3 月 3 日

卧佛古寺沐春光,
古梅斜疏几段香。
红墙碧瓦添新绿,
国泰民安史流芳。

---

[①] 卧佛寺位于北京海淀区寿安山麓,与香山毗邻。因有卧佛造像得名,距今已有 1300 余年。

## 春游元大都遗址公园①（六首）

2016 年 4 月

### （一）

乍暖还寒小月河，
大都昨夜故事多。
今朝春花金满眼，
草长莺飞庆谐和。

### （二）

一弯明渠泛清波，
遗址残垣黄土坡。
千年故事今续写，
古都绽绿唱新歌。

---

① 元大都城垣遗址公园是在元大都土城遗址上建造起来的。集历史遗迹保护、市民休闲游憩，改善生态环境、防灾应急避难于一体的有文化历史内涵的现代城市遗址公园。

## （三）

微风拂面柳飞扬，
燕叫莺啼绕雕梁。
鸳鸯成双池水暖，
孩童笑指看斜阳。

## （四）

小月河畔留倩影，
早春三月见柔情。
海棠含羞初绽绿，
迎春花开黄鹂鸣。

## （五）

海棠花溪四月香，
长河十里花为乡。
游人如织蜂蝶状，
方知万物喜春光。

## （六）

阳春三月天，
踏青小河边。
花美人更靓，
又喜福寿添。

## 有感随笔

### 2016 年 4 月

我一南方朋友清明返乡祭祖。发回照片,感慨家乡变化。应景而发。

粉墙黛瓦旧时光,
春风送我回故乡。
儿时记忆尚犹存,
地覆天翻庆小康。

# 南下有感

2016年4月

2016年4月初与老伴,女儿及外孙女坐高铁前往南方。一路之上细雨朦朦,火车风驰电掣,窗外风光秀丽,景色万千。有感发之。

粉墙黛瓦菜花香,
阳春三月下苏杭。
穿云破雾杏花雨,
携妻带女过大江。
高铁时速三百里,
日新月异奔小康。
众志成城创伟业,
傲视环球我最强。

# 喜游陶然亭(二首)

2016 年 5 月

## (一)

花团锦簇春光好,
已是初夏暑难消。
风光四季心悠然,
知足长乐任逍遥。

## (二)

陶然一醉满庭芳,
柳绿初上唱流觞。
美景良辰无限好,
方知人间正沧桑。

# 献给陕北木头峪黄河的歌

2016 年 5 月 30 日

2016 年 5 月 27 日至 30 日北京金叶摄影的 27 名摄友到陕北榆林地区采风。期间到佳县木头峪①参观古村落及乘船看黄河壁画。大家都被悠久的中华文化及大自然的鬼斧神工所震撼。感动之余作诗一首以记之。

朋友，你做为中国人肯定知道黄河，
朋友，你做为当代人也许也到过黄河。
但是朋友我可以肯定地说，你绝对没有见过佳县木头峪的黄河！
不信？请看：
木头峪的黄河是如此的宽阔；
木头峪的黄河是这样的清澈；

---

① 木头峪，古名浮图峪，亦称浮图寨，位于黄河中游，秦晋峡谷西岸，佳县城南二十公里被黄河冲击的滩地上。木头峪被人们誉为"秀才村"和"晋西峡谷第一村"。

木头峪的黄河峭壁上有鬼斧神工的雕刻；

木头峪的黄河延续着耕读传家上千年的香火；

木头峪的黄河就像母亲的乳汁滋润着两岸人民的精神与体魄！

啊，这就是木头峪黄河，

啊，这就是黄河木头峪的特色！

朋友，我们都还记得，

做为母亲黄河发过脾气咆哮过，

那是在中华民族最危险的时刻，

母亲用那激昂的旋律鼓舞中华儿女把小日本赶回了老窝！

如今在追求"中国梦"的征途上母亲又用柔美的嗓音唱着新歌。

啊，黄河！

啊，木头峪黄河！

今天我们北京金叶摄影的兄弟姐妹来这里听你唱歌。

歌声使我们斗志昂扬，豪情万丈，

心中满满正能量！

我们要骄傲地大声地说：

黄河，木头峪黄河！

我们来这里看过。

## 读微信有感

2016年6月1日

　　从陕北采风平安归来,摄友们纷纷留言,互致感谢,情真意切。感动之余,成诗一首。

众人捧柴火焰高,
团队精神最重要。
群雁高飞头燕领,
白山黄水任逍遥。
中华美景风光好,
相从心生第一条。
横看成岭侧成峰,
携手相约在明朝。

## 游统万城①

2016年6月

断壁残垣统万城,
金戈铁马闻悲声。
往事千年弹指过,
和平永续庆苍生。

---

① 统万城位于陕西靖边县城北58公里处的红墩界乡城子村。因其城墙为白色当地人称白城子。为东晋和五胡十六国时南匈奴贵族赫连勃勃建立的大夏国遗址。也是匈奴族在人类历史长河中留下的唯一一座都城遗址。统万城已有1600多年历史。2012年11月,统万城列入中国世界文化遗产预备名单。

# 和景山学校玉老师

2016 年 6 月 25 日

临近"七一"党的生日,接到玉老师微信发来的一首诗,玉老师今年已经八十多岁了,红心向党。感动和之。

辟地开天惊雷响,
横空出世共产党。
三座大山齐搬走,
中华大地太平享。
旌旗招展今又亮,
万众创新奔小康。
两个百年幸福地,
激情诗韵告尊长。

**附玉老师原诗:**

开天辟地党旗杨,
翻天覆地慨而慷。

顶天立地行革放，
感天动地复兴忙。
欢天喜地庆九五，
谢天谢地凯歌唱。
改天换地为人民，
新天新地万年昌。

## 不忘初心跟党走　继续革命志不移

——献给中国共产党 95 周年生日

2016 年 7 月 1 日

镰刀斧头的红旗，
猎猎飞扬，
你在我心中高高擎起。

想当年，
旭日东升朝霞满地，
迎来了中国共产党的成立。
多少志士仁人，
冒着枪林弹雨，
推翻三座大山，
换来新中国的建立。
啊！共产党的崇高理想，
就是要实现共产主义。

看今朝，
历经翻天覆地，

风雨如磐近百年，
革命传统再传递。
人民当家做主人，
改革开放绽新绿。
不忘初心跟党走，
继续革命志不移。
中华大地呈风采，
世世代代举红旗。
中华复兴有盼头啊，
两个百年人民喜。
啊！人民喜！人民喜！

# 重游元大都遗址公园

2016 年 8 月

闹中取静花木深,
婀娜多姿总消魂。
一年风光此时好,
除去阴霾见真身。

## 秋游东郊湿地公园①

2016 年 10 月 31 日

秋高气爽看东郊,
水绿天蓝芦花飘。
更是风清闲暇日,
心绪飞腾乐陶陶。

---

① 北京东郊湿地公园是整个东郊森林公园重要核心区之一,目前正在建设中,部分开放,地跨通州顺义两区,总占地 4724 亩,其中水域面积 1350 亩,均占整个公园的 30%。

# 无题

### 2017 年元月

蓝天，白云，阳光斜照，午睡醒来若有所思。

偷得半日闲，
呆坐如打禅。
默念天外事，
脱俗即为仙。

# 和景山学校玉老师（三首）

2017年2月

春节期间在微信中看到玉质瑛老师新诗有感和之。

## （一）

爆竹声声赏花灯，
人和气顺沐春风。
国泰民安在当下，
雄鸡高唱再飞腾。

## （二）

鹤发童颜玉质瑛，
满腹经纶藏心中。
喜雪唱春应时景，
不输陆翁一段情。

（三）

身轻体健笑容甜，
人是衣服马是鞍。
太平盛世人长寿，
学子争学养生篇。

## 游巴厘岛二首

2017 年 2 月 18 日

### （一）

犁海耕涛万顷田，
天海一色景物鲜。
巴厘岛外风光好，
身心飘渺醉成仙。

### （二）

碧海蓝天印度洋，
绿色满眼涨春光。
惊涛拍岸千堆雪，
神佑人间万年康。

## 赠友（二首）

2017 年 2 月 25 日

### （一）

日落西山红霞飞，
姐妹相伴心相随。
春风拂面杨柳动，
相夫教子还有谁。

### （二）

暮色苍茫看大海，
亭亭玉立俏娇娘。
椰风海韵华灯亮，
直把异国当故乡。

## 见李杨所照有感

2017 年 3 月 9 日

微信群中见友李杨发出照片一组,有感吟之。

绿满京都玉兰出,
两会春风征帆鼓。
十亿人民撸袖干,
两个百年展宏图。

# 赠友

2017 年 3 月 11 日

朋友张志伟发来配照片诗一首,有感和之。

荒原突起一古松,
笑傲江湖震苍穹。
莫道夕阳天近晚,
月伴星明豪气升。


**附:张志伟原诗**

独立岗上势峥嵘,
冷月孤星伴我身。
世间风云任变幻,
回首笑看夕阳红。

# 游连云港[①](二首)

2017 年 3 月 18 日

## （一）

绿水青山小快艇，
天海之间放歌声。
清风徐来光与影，
回眸一笑庆余生。

## （二）

玉女峰前站玉女，
连云港外看大船。
红墙绿瓦清净地，
呼朋唤友唱团圆。

---

① 连云港，江苏省下辖地级市，古称"海州"，海域 6677 平方公里。因面向连岛、背倚云台山，又因海港，得名连云港。

## 见好友微信发来照片有感（二首）

2017 年 3 月 20 日

### （一）

兄弟姐妹结伴游，
烟花三月下扬州。
暖风熏得游人醉，
直把扬州当通州。

### （二）

美女临风小曼腰，
风姿绰约真窈窕。
还是摄友抓拍好，
风流倜傥看今朝。

# 游天坛①

2017年3月23日

巍巍峨峨天坛屹，

皇家园林藏神奇。

古今兴亡多少事，

尽在烟波浩渺里。

---

① 天坛，在北京市南部，东城区永定门内大街东侧。占地约273万平方米。天坛始建于明永乐十八年（1420年），清乾隆、光绪时曾重建改建。为明清两代帝王祭祀皇天、祈五谷丰登之场所。

## 郊野踏青偶得

### 2017 年 3 月 24 日

早天气晴好，驾车到东郊公园一游。心情愉悦，得诗一首。

春雨催红万树花，
白云深处有人家。
桃红杏白风吹柳，
黄鹂声声唱彩霞。

## 见外甥女任喆所摄照片有感

2017 年 3 月 25 日

外甥女任喆今天从大洋彼岸传来照片一组,画面清新,气质悠闲,有感发之。

半盅香茶一页经,
沉心静气度心灵。
与人为善皆是缘,
身康体健本归宗。

## 见王平所摄照片有感

2017 年 3 月 28 日

从微信上看到老领导登香山发来的照片有感和之。

西山晴雪香炉峰，
乍暖还寒盼东风。
健步移形赏春景，
柳绿花红真性情。

# 为外孙女茜茜照相（二首）

2017 年 3 月 30 日

周日天气晴好，在小区花园与女儿、外孙女一家游玩照相。

## （一）

靓丽小妞花丛间，
阳光明媚笑脸甜。
水映楼台柳含笑，
天伦之乐舞翩跹。

## （二）

春风又绿三月三，
燕子呢喃柳梢间。
通大家园风光好，
祖孙三代享悠然。

# 颂 2017 年全国"两会"隆重召开

2017 年 3 月

　　春天的北京格外亮丽。绿色满眼,黄鹂声声,花团锦簇,杨柳迎风。适逢全国"两会"召开,全国人民欢欣鼓舞,展望前程一片欢腾。成诗一首以记之。

云淡风轻景如画,
绿染京都几重花。
两会春风征帆起,
不忘初心振中华。
十亿人民撸袖干,
两个百年惠万家。
今逢盛世志高远,
已忘夕阳两鬓华。

# 七彩云南放歌行（七首）

2017 年 3 月

　　与北京烟草摄影组一行二十余人赴云南游玩。期间欢声笑语，其乐融融，增长知识，联络感情。美哉！乐哉！

## 一

阳春三月下元阳，
条条梯田映霞光。
老牛犁田埋头拽，
农夫插秧手脚忙。
春华秋实天酬勤，
丰衣足食奔小康。
青山绿水闲人看，
流连忘返唱悠扬。

## 二

云蒸霞蔚看东川，
红土地上绣斑斓。

叠巘青佳真俊秀，
诗人兴会更无前。

## 三

依山傍水路中间，
风驰电掣三百旋。
奇峰异草寻常见，
疑似羽化已成仙。

（注：山为哀牢山，水为红河。早从建水出发到元阳，多依树，坝达等地观看梯田。一路之上汽车翻越哀牢山，盘旋上下，山路崎岖，最窄处需停下错过。对司机师傅的驾驶技术深感佩服。）

## 四

条条梯坎块块田，
蓝天为衬地为盘。
不是哈尼丹青手，
哪有美景留人间。

## 五

傍晚，
我站在高高的山岗，

落霞沟景色尽收眼底，
一片霞光。
远看青山如带横卧天上，
近闻红土地散发着醉人的芳香；
清澈的溪水在欢快的流淌，
桃花就依偎在她的身旁；
阿诗玛在唱着悠扬的山歌，
阿黑哥在忙着施肥插秧；
啊！落霞沟，
自然与人文互生互长，
意义深长。
啊！落霞沟，
绿色与红色交相辉映，
动人心肠！

# 六

老友新朋聚一堂，
凝神屏气听华章。
相互切磋长知识，
取长补短提能量。
不是岷江搭鹊桥，
哪有今日诉衷肠。

老骥伏枥志高远，
相约携手看夕阳。

（注：这里的岷江系指岷江国际旅行社。是一家专门以摄影为抓手的旅行社。行前有安排，归来有讲座。服务周到，质量上乘。）

## 七

普者黑啊！普者黑，
这个彝族语言中盛产鱼虾的地方，
青山绿水，
芳草萋萋，
一块令人流连忘返的红土地。
这里有桂林山水的灵秀，
这里有江南水乡的俊美；
这里有原始生态的村寨，
这里有摄人心魄的野趣；
这里有勤劳勇敢的彝族哥，
这里有俊俏秀美的苗族妹；
这里有热烈欢快的火把节，
这里有万众欢腾的玄子曲……
啊！真是一块人类宜居的祥瑞之地。

今天我来到这里，
徜徉在山水之间，
吸收着日月精华的灵气，
攀援在高山之巅，
饱览着鬼斧神工的惊奇。
啊！三生三世，
与你结缘，
十里桃花，
相看不厌，
好一幅锦绣江南！

# 看女儿玥玥所拍照片有感

2017 年 4 月 2 日

　　玥玥一家南下杭州游玩发来照片，看到孩子们的笑脸心中有感而发。

　　　　　　清明时节下杭州，
　　　　　　杨柳拂面湖水皱。
　　　　　　最是柳浪闻莺处，
　　　　　　喜看顽童乐悠悠。

## 和李杨

2017 年 4 月 14 日

见好友李杨从微信发来的照片,赞叹之余,有感和之。

云淡风轻景如画,
登高望远羡夕霞。
最是一年春好处,
不忘初心大步跨。

## 侍弄家中花草有感

2017 年 5 月 4 日

　　家中养了几盆花草，隔三差五松松土，浇浇水，叶子长的绿油油的，一片生机勃勃的景象。

群芳争艳五月天，
暗香疏影庭宇间。
全凭巧手勤侍弄，
气定神闲我悠然。

## 游吉林有感

2017 年 7 月 23 日

  与友十余人一起赴吉林游玩。期间,看天池,访延吉,到边防,游镜泊。饱览祖国的壮美山河,感受吉林友人的热情款待。心潮起伏,即席成赋。

老友新朋聚华堂,
推杯换盏诉衷肠。
半生多少豪情事,
付与东风汇大江。
老骥伏枥志高远,
呼朋唤友唱小康。
大好河山风光秀,
中华崛起溢流光。

# 延安颂

2017 年 8 月 29 日

2017 年 8 月 21 至 25 日市局离退办党总支组织各支部书记、委员到延安干部学院培训。期间有党史讲授、现场教学、参观展览、祭奠英烈，内容充实，收获颇丰。我虽然已经来过延安两次，但依然激动万分，深受教育。

今天，
我又一次地站在这里，
站在山丹花儿开满原野的黄土地。
放眼望去：
天上白云朵朵，
地上滚滚延河，
远方山峦起伏，
近处百业祥和。
延安啊！
我心中的圣地！

你是中国革命从小到大，
从一个胜利走向另一个胜利的伟大标记。

昨天，
神州大地风雨如磐腥风血雨，
哀鸿遍野日寇蹂躏，
中华民族到了生存的谷底。
起来不愿做奴隶的人们，
为了祖国的存亡，
为了人民的利益，
一群中华民族的优秀子孙集合在这里。
他们在毛主席、共产党的领导下与日本侵略者，
国民党反动派展开了艰苦卓绝的抗击。
十四年抗战，
把日本侵略者赶回老家去；
三年解放战争，
把老蒋轰到了台湾那个东南岛屿。
啊！
中国人民从此获得了新生，
伟大的祖国在世界的东方屹立！
这是一部怎样的历史啊！
真是值得大书特书、可歌可泣！

明天,

中华儿女不忘初心高举红旗,

改革开放不离不弃。

中华复兴铿锵前行,

雄狮奋起圆梦在即。

努力啊中华民族的子孙,

为了祖国的复兴,

为了人民的利益,

我们就从现在、就从这里走起!

在伟大的中国共产党率领下砥砺前行不松气,

紧跟以习近平为核心的党中央创建两个百年的新奇迹!

啊! 延安你这革命的圣地,

你一次又一次地教育我们,

一次又一次地让我们想起。

我宣誓:

我将永远牢牢地把你记在心里,

将中华民族伟大复兴的事业进行到底!

# 后 记

　　《心声》——高雪生诗歌散文选,从筹划到收集整理,电脑打印,期间多次修改增删。以至于联系出版社等等历时近两年,其间的工作量及过程远比我想象的要麻烦的多。真是不做什么不了解其间的苦与累,繁与杂。今天终于要付梓了。

　　将自己的事情写出来变成铅字印成书,这是我学生时代的梦想。读着朱自清的《背影》,鲁迅的《从百草园到三味书屋》,魏巍的《谁是最可爱的人》等文章时,我就暗下决心,等我长大了也要把自己的所思所想所感所悟变成文字写出来,印成书,反映生活,感动读者,为时代添彩。随着时间的流淌,社会的进步,这个梦时而模糊,时而清晰;时而远,时而近。今天终于实现了!……

　　诗为心声。无论是诗还是文章全是自己内心世界的反映,是真情的流露和思想的浓缩。《心声》记录了我年轻时代的热情;反映了我四十余年工作学习生活的脚步;印证了我们伟大时代的变迁;歌颂了祖国壮丽的大好河山。……《心声》跨越了半个世纪的光阴，反映的是拳拳赤子心，满满正能量。

在这里我要真诚感谢华夏出版社社长、总编辑黄金山先生为我的诗集题词；真诚感谢为这本书出版而付出辛劳的陈希米老师及其他编辑同志。还要真诚感谢北京市局（公司）离退办张冬霞主任，国家局和市局老领导，同事及朋友们的支持，鼓励和帮助。特别要感谢的是周瑞增、刘根甫、赵文智、王平、刘福志、曲志刚、蔡继东等领导为我书写序言，感言及贺词等。领导们从不同侧面发表的真知灼见，热情洋溢，文采飞扬，令我感动；老友武玉清为我延请著名书法家王宝国先生题写书名；知青挚友李立祥，高永成两位画家为本书专门做画；北京卷烟厂赵虎为我提供了许多基础资料；忘年之交的王漪虹女士更是忙前跑后给我以极大的关心和帮助等等。感激之情，无以言表。

最后还要感谢的是我的家人。首先就是我的老伴何美华女士。结婚四十多年来，一直疼爱我。对我的工作，生活尤其是写作全力支持。包揽了全部的家务乃至近年来为第三代付出的一切。还有就是在这本书的收集，修改，打印，校对等方面我的两个女儿高蕾，高玥及女婿史光明，庞岩松也付出了很多精力。令我感动。在此一并予以诚挚的谢意！

总之没有领导、亲人，朋友们的支持我将一事无成。

秋天是金色的季节，是收获的日子。让我们尽情地享受这丰收的喜悦吧！

2017 年 10 月

图书在版编目（CIP）数据

心声/高雪生著.--北京：华夏出版社，2018.8
ISBN 978-7-5080-9485-4

Ⅰ.①心… Ⅱ.①高… Ⅲ.①诗集－中国－当代 ②散文集－中国－当代 Ⅳ.①I217.2

中国版本图书馆CIP数据核字(2018)第090068号

## 心　声

| 作　　者 | 高雪生 |
| --- | --- |
| 责任编辑 | 陈希米 |
| 责任印制 | 刘　洋 |
| 出版发行 | 华夏出版社 |
| 经　　销 | 新华书店 |
| 印　　刷 | 三河市兴达印务有限公司 |
| 装　　订 | 三河市兴达印务有限公司 |
| 版　　次 | 2018年8月北京第1版<br>2018年8月北京第1次印刷 |
| 开　　本 | 880×1230　1/32 |
| 印　　张 | 10.125 |
| 字　　数 | 178千字 |
| 定　　价 | 39.00元 |

**华夏出版社** 地址：北京市东直门外香河园北里4号　邮编：100028
网址：www.hxph.com.cn　电话：(010)64663331(转)
若发现本版图书有印装质量问题，请与我社营销中心联系调换。